Un parfum de violette

Didier Marcy

Un parfum de violette

Roman

Éditions Le Manuscrit

www.manuscrit.com

ISBN : 2-7481-9890-5 (livre imprimé)
ISBN 13 : 9782748198904 (livre imprimé)
ISBN : 2-7481-9891-3 (livre numérique)
ISBN 13 : 9782748198911 (livre numérique)

CHAPITRE 1

Le soleil est au plus haut, il fait chaud aujourd'hui comme souvent en cette fin du mois de mai à Nîmes. Nous venons de sortir des saints de glace. De St Mamert à St Urbain ce sont des périodes qui nous infligent souvent des températures glaciales. Il faut bien sûr relativiser, glaciales pour un Nîmois.

Mais il est vrai que les dernières semaines d'avril et les premiers jours du mois de mai étaient si doux que tout le monde croyait l'été arrivé. Les terrasses de café du boulevard Victor Hugo commençaient à s'animer, à prendre des airs de fête. Toute la ville avait impatience de la prochaine Pentecôte et des délires de la Féria.

Des petits groupes de jeunes désoeuvrés ou encore imbibés des excès de la veille se rassemblent au bas du chemin neuf de Pissevin, au sud du quartier Valdegour. Ce quartier de la zup Nord, il n'y a guère que ceux qui y habitent qui aiment s'y trouver.

Assis à l'angle de la rue cinq jeunes gens, cigarette au bec discutent bruyamment. Chaque parole est accompagnée de grands gestes des bras. Les mains sont aussi bavardes que les bouches. On dirait des clones, tous habillés à l'identique, un pantalon tellement large qu'il faudrait être deux pour le remplir, un grand tee-shirt et l'indispensable casquette vissée sur le crâne. Julien et sa bande racontent leurs exploits de la première soirée de féria.

– Putain, hier soir j'ai pris une caisse. Je ne sais même plus comment je suis rentré, lance Aziz

– Ça, t'as ramassé. On a été obligé de te porter de chez Pablo Roméro jusqu'à la voiture qu'on avait laissée à Jean Jaurès, répond Julien

– On a pu s'éclater hier. Les Parisiens ne sont pas encore arrivés. C'est la féria pour les Nîmois. Ce soir ils vont tous débarquer, on va pouvoir s'en faire un ou deux.

– Putain à force de s'en faire, ils vont bien arrêter de nous envahir pour la féria.

Toutes les phrases, ponctuées par des « putain », « couilles » et autres noms d'oiseaux exotiques tournent autour de cette Féria qui semble les galvaniser.

Julien et ses acolytes déambulent toutes les nuits dans les rues de Nîmes à la recherche de proies. Ils passent de bodegas en bodegas, ils aiment ces bistrots éphémères où musique, danse, et alcool font bon ménage et qui sont organisés partout où il est possible de le faire, garages, caves, jardins d'hôtels particuliers.

La féria est programmée officiellement pour le Week-end de la Pentecôte, mais dès le milieu de la semaine précédente, les festivités commencent déjà. Bon nombre de Nîmois préfèrent d'ailleurs ces premiers jours de fêtes. L'arrivée des étrangers, et on est étranger à partir de Lunel à l'ouest, Remoulin à l'est et Fons au nord, leur enlève cette sensation de rassemblement autour d'une culture commune, d'une histoire millénaire.

La plupart des gens qui se rendent à la féria de Nîmes y recherchent des moments d'évasion, de délire, de pied de nez à tous les interdits. C'est le moment de liberté où presque tout est permis, une véritable fête païenne où musique, chant, danse flirtent presque indécemment avec alcool, sexe et abus en tous genres. Pour Julien et sa bande, c'est un excellent terrain de jeu pour leurs méfaits. Agressions, vols, passage à tabac, il y aura toujours un moment où ils pourront déverser leur agressivité sur un inconnu.

– Tu te rappelles quand on a coincé cette blonde, elle était complètement bourrée qu'elle nous a sucés tous les quatre, se glorifie Rafy, un des six voyous.

Julien fronce légèrement les sourcils. Il essaye en vain de faire changer leur comportement.

C'est un robin des bois des temps modernes. Seul Momo semble comprendre. Julien reprend :

– Qu'on se coince un bourgeois, et qu'on lui pique son fric, c'est ok, mais ce n'est pas cool de chopper une fille seule.

– Tu vas pas nous faire la leçon. Tu vas finir keuf (flic) comme Abdel. Il va falloir qu'on te surveille. Préviens-nous quand tu retourneras ta veste, répond Rafy.

Il n'aime pas trop Julien. Il le craint comme tout homme de main craint son chef de gang. Il rêve en silence de le faire tomber de son pied d'estal, de ternir son image et de le donner en pâture aux autres.

Julien est un beau jeune homme. Il est certainement le seul du groupe à avoir poursuivi ses études au-delà du lycée. La plupart de ses compagnons ont tout abandonné à seize ans en troisième. De toute façon, ils gagnent bien plus d'argent en dealant à droite ou à gauche et en volant de ci de là. Mais l'évolution de plus en plus violente de leurs actions n'est pas tellement du goût de Julien. Les car-jackings et home-jackings sont de plus en plus nombreux. Lui, il aime la bagarre gratuite, cette adrénaline qui monte en lui et qui le transcende. Mais ces nouvelles méthodes ne lui plaisent pas.

Il sait que le profit réalisé par ces attaques est important et qu'il ne pourra empêcher ses compagnons de continuer. Son intelligence lui permet encore de figurer parmi les leaders du groupe, mais sa position claire contre celles-ci a commencé à faire naître quelque méfiance de la part de deux ou trois d'entre eux, Rafy en tête.

– J'ai trouvé un gun. J'ai un vendeur qui m'a rencardé ce matin. Rafy soulève son tee-shirt et laisse apparaître la crosse d'un pistolet automatique.

– Tu sais que j'aime pas ça. Tu te fais chopper par les keufs en train de vider une baraque, t'en prendra à peine pour trois mois. Avec un gun tu vas aux assises et si tu t'en sers t'es mort, tu en prends pour trente ans.

– Tu nous saoules Julien. On le sait que tu fais droit. Les keufs ils nous attrapent jamais. Regarde Jeff, Rachid, Jo ils roulent tous en BM. Jeff il va même s'acheter une Cayenne.

– Putain, il va attraper toutes les meufs avec cette bagnole. Et tu veux qu'on se prive.

Julien sent bien que le groupe ne vit que par et pour cet argent facile. Il change de conversation.

– On va chez Pablo ce soir, j'ai des invits.

Julien fait partie des rares jeunes de la ZUP nord qui poursuivent des études supérieures. En fac de droit, il découvre un monde complètement différent de celui qui l'a façonné. Lorsqu'il remonte la rue de l'Université à

Montpellier, qu'il croise tous ces étudiants, il se dit au fond de lui qu'il vient d'un autre monde. Il a l'impression de sortir d'un trou à rat et de découvrir un monde où tout est lumière. Les filles sentent bon, Elles sont belles, tellement plus belles et attirantes que certaines du quartier de la ZUP éternellement habillées de survêtement et chaussées d'énormes baskets noires.

Dans un autre quartier de Nîmes, pas très loin de la gare, une jeune femme pense à son pays, aux Cévennes qu'elle chérit tant. Elle est couchée sur son lit, elle somnole, ses grands cheveux noirs recouvrent la moitié de son dos. Elle a fini sa garde et vient juste d'arriver. La semaine a été rude dans le foyer d'aide à l'enfance. Quand elle a commencé ses études d'éducatrice spécialisée, elle rêvait de sortir ces jeunes de la misère affective. Elle voulait transformer le monde. Sa passion pour ces jeunes en difficulté lui pompe une telle énergie que, lorsqu'elle rentre, elle aspire à un repos total. Quand elle n'en peut plus, que la misère est trop pesante, elle sait qu'il n'y a qu'un seul endroit où elle pourra se ressourcer. C'est un endroit plein de souvenirs. Toutes ses racines sont solidement ancrées là-bas. C'est un petit coin des Cévennes longtemps envahi par les exploitations minières. Entre Portes et

Chamborigaud, au fond de la vallée, se cache La Vernarède.

Les sous-bois y sont majestueux. Valentine aime s'y promener. Chacun des instants qu'elle vit dans cette nature lui redonne espoir.

En cette douce journée de printemps, toute la nature doit être gorgée des pluies du mois d'avril. Le soleil, déjà chaud, n'a pas encore commencé son œuvre dévastatrice en brûlant tout ce qui peut l'être.

Elle aime être surprise quand au travers d'un chemin, tout à coup, entre deux arbres, un petit sifflement strident retentit. Une grive qui la prévient de sa visite. Elle rit de ces merles accrochés à un lierre qui semblent se moquer de cette passante occasionnelle. C'est un art et une chance de connaître le langage des animaux, de pouvoir associer à un cri rugueux le cul blanc d'un geai, entendre le rappel des perdrix rouges et les voir traverser le chemin en courant comme des demoiselles trop pressées. Tous les cris, tous les chants ont une image. Tout se lie dans sa tête et chaque fois qu'elle revient ici, ce sont les odeurs et les parfums de la terre qui rejaillissent les premiers de sa mémoire. Il n'y a pas une odeur dont elle ne se souvienne, du parfum entêtant des champs de jonquilles à la subtilité des effluves montant des sous-bois humides.

Le pays cévenol n'est que contraste. La progressivité, l'à peu près n'existent pas. Les reliefs, la végétation où les saisons se suivent sans aucune transition. Vous vous couchez un soir d'été et le lendemain, le mistral vous glace les os. Les arbres flamboyaient et c'est maintenant le ciel qui se tourmente de feuilles dorées. Tout était calme et apaisant et voilà qu'en quelques heures, d'un jour sur l'autre, le vent vous saoule, vous bourdonne dans les oreilles. Vous haïssez cette terre qu'hier vous chérissiez.

Ici, l'homme est pareil à la nature. Il ne s'accommode pas de positions intermédiaires. Il aime ou déteste, il pleure ou il rit, il chante ou se tait. Les sentiments du cévenol sont aussi abrupts que les gorges des ruisseaux qui coulent dans nos vallées. Si vous êtes passés du côté de Florac, Chamborigaud ou encore vers la vallée française, vous avez certainement croisé un de ces authentiques personnages. Un béret sur les yeux, la peau durcie par les saisons et l'osmose permanente avec la nature, le visage au relief tourmenté comme le paysage, les gars du pays n'ont pas d'âge. Ils sont jeunes ou vieux. Ils travaillent la terre ou ils meurent. Le Cévenol ne peut supporter l'inutile et le superflu. A la fin de sa vie, alors que d'autres profitent d'un repos mérité, lui il attend le grand voyage. Ce sentiment d'inutilité, il ne peut le supporter. Le Cévenol est fier.

Il en est ainsi de tous ceux qui vivent dans un coin où la terre demande à être apprivoisée avant d'être travaillée. C'est au prix d'un acharnement sans limites que l'homme s'est installé ici. Partout dans les bois et les montagnes des murs en pierres sèches, sortis de nulle part délimitent des petits bouts de terre cultivable. Chaque muret ou « bancel » forme ce qu'on appelle des « faïsses ». Chaque bout de terre conquis sur la montagne était choyé comme un enfant. Dès qu'une pierre se décrochait, qu'un ventre apparaissait sur le mur, les hommes reconstruisaient inlassablement. Si ces parcelles servaient à la production des légumes pour la soupe, la plus grande production agricole de nécessité était la châtaigne.

Lorsque les feuilles commençaient à tomber, que les « pélous » jonchaient le sol, il était grand temps d'organiser le ramassage. Il ne faut plus attendre car les nuits fraîches et humides vont faire pourrir les fruits. Il y a de cela quelques années, dans les années trente, tous les hommes valides étaient rassemblés sur la place du village. Ils se ruaient sur les bogues jetées par les propriétaires. Les plus habiles qui avaient ramassé le plus de châtaignes étaient loués pour un sous ou deux. Si quelques heurts ponctuaient parfois ces séances d'embauche, le plus souvent c'étaient des jurons en patois qui montaient de la placette située tout en bas du village. C'est à coup de bâton ou de godillots que les fruits étaient séparés de leur enveloppe hérissée d'épines. Il est deux objets indispensables à la vie du cévenol. C'est le bâton et le couteau. Les hommes passaient de longs moments prés de la cheminée ou assis contre un arbre à façonner l'un en se servant de l'autre. Il n'y a pas un instant de sa vie où il ne maniait un de ces instruments.

Une grande partie de la récolte de châtaignes servait à engraisser les cochons. Mais les marrons, péligrines ou autres marigoules étaient préparés de mille façons pour le plaisir des grands et des petits. Pendant de longues semaines, les clèdes fumaient pour sécher les fruits et leur donner un goût de feu. Il fallait sans cesse alimenter le foyer au rez-de-chaussée pour que jours et nuits, la fumée enveloppe les châtaignes étendues sur le plancher du premier étage. Le bajana, c'est le nom qu'on lui donnait était absolument délicieux trempé dans du lait. Ça vous laissait le goût sucré de la châtaigne, la douceur du lait qui vient d'être bouilli et la force du feu.

Valentine connaît tous ces délices. Elle y retrouve des instants de bonheur et de partage que son grand-père et ensuite son père lui ont fait vivre. Elle trouve dans toutes les saisons une immense sensualité et rien au monde n'est plus cher pour elle que de fuir la ville où elle travaille et revenir quelques instants à la source de sa vie, ici à la Vernarède.

Quand elle remonte de la vallée avec sa voiture, dès qu'elle aperçoit les remparts du château de Portes, son visage s'illumine, la vie n'est plus la même. Elle oublie ses soucis, ces jeunes dont elle s'occupe et qui ignorent tout ou presque de leurs racines.

Elle a décidé il y a peine deux heures de prendre sa voiture, de quitter le vacarme de la féria et de rejoindre les Cévennes. Elle y retrouve toute l'énergie qui lui manque à certains moments de sa vie d'éducatrice spécialisée. Le soleil illumine ses longues jambes découvertes. Sa jupe en lin blanche contraste délicieusement avec sa peau mate. Son chemisier, déboutonné, laisse entrevoir une jolie poitrine lourde et ferme. Le vent sur le fin tissu lui caresse les mamelons qui durcissent au contact de l'étoffe. Ce paysage qu'elle admire, ces sensations qu'elle ressent lui donnent quelques frissons. Ses longs cheveux noirs sont chahutés par le vent qui s'engouffre par la fenêtre qu'elle a laissée ouverte.

Elle vit seule à Nîmes. Quelques aventures de ci de là mais toujours éphémères. Clément, son dernier amant était tombé sous le charme de ses yeux dont la couleur rappelle celle des trous d'eau dans les ruisseaux cévenols, un vert bouteille avec des reflets sans cesse changeant en fonction de la luminosité et des rayons de soleil. C'est elle qui avait décidé de rompre. Elle en était malheureuse, mais toute sa jeune vie est consacrée à ses enfants comme elle aimait le dire et à ses besoins d'évasion aussi subits que violents. Clément ne pouvait partager cette passion pour ce village de La Vernarède. Il s'y ennuyait profondément et trouvait toujours un prétexte, une invitation chez des amis, un match de handball ou de foot, la sortie d'un nouveau film pour reporter leur escapade dans les Cévennes. Au début Valentine acceptait de ne pas retourner chez elle, là haut dans la montagne, mais la frustration devenait de plus en plus pesante. Quand elle décida un week-end de s'y rendre seule il lui fit la tête le jour de son départ et son retour fut tout aussi désagréable. Doit-on faire des sacrifices aussi grands pour vivre avec quelqu'un ? Non, bien sûr. Elle aimerait partager tous ses plaisirs avec un homme et vivre sans concession.

Elle passe sa vie entre le foyer pour jeunes adolescents orphelins ou mal aimés et sa petite maison au début du village de La Vernarède.

Sa petite Renault grimpe jusqu'au col de Portes, elle jette un regard rapide vers le Château.

– Ils ont encore avancé sur les travaux de rénovation.

Elle admire ces associations qui, pierre après pierre, redonnent une seconde jeunesse à ces murailles, à cet imposant gardien de la vallée de Chamborigaud, sa vallée.

Ca y est, elle est chez elle, encore quelques villages et elle tournera à droite pour descendre de Paulin à La Vernarède.

Elle est fatiguée aujourd'hui, les jeunes ont été durs cette semaine. Élodie, la dernière arrivée lui donne du fil à retordre.

Elle se met à penser, imaginer comment sortir cette nouvelle pensionnaire du foyer de l'impasse affective dans laquelle elle se trouve.

Plongée dans ses pensées, elle ne réalise pas qu'elle arrive à trop grande vitesse au dernier virage avant la descente de La Vernarède.

Le véhicule se met en travers, tout se bouscule devant ses yeux, elle veut éviter les deux petites maisons qui bordent la route. Elle tourne dans tous les sens, ne sait plus où elle est, dans quel sens elle se trouve. Tout va très vite, elle raidit ses mains sur le volant. La voiture semble exploser, son corps ne peut plus résister. En une fraction de seconde, son regard se fixe sur un gros platane.

Au même moment, dans les rues de Nîmes, la bande s'attarde au Prolet. Les pastis achetés au mètre s'alignent sur le comptoir. Il est

17 heures, il commence à y avoir pas mal de monde. Les arènes grondent au loin, une bronca très certainement. Les toros ne doivent pas être très vaillants comme cela arrive parfois.

Les aficionados, massés dans les gradins hurlent, sifflent cette pauvre bête qui n'a rien demandé et qui, sous des gerbes de sang va offrir sa vie à cette foule en mal de sensations.

Au Prolet, Julien, Rafy, Momo et les autres ont squatté un coin du comptoir et enfilent les pastis les uns après les autres. Entre chaque verre, leurs têtes se tournent dans tous les sens. Ils sont en chasse. Leurs sens sont tous au service de leur sexualité. C'est à celui qui verra la plus belle, la plus sexy.

– Eh ! Mate à droite, à côté de l'arbre. T'as vu les seins qu'elle a.

– Elle a pas de sous tif !

– Et celle là, avec sa jupe, j'y mettrais bien ma main au cul.

Julien aime se frotter à cette foule. Chaque fois qu'il croise une femme, il inspire profondément pour capter quelques effluves de parfum. Tant qu'il est encore en état, avant d'être saoul, il se frotte doucement à ces corps serrés les uns contre les autres. Il découvre la lourdeur d'un sein, la souplesse d'une fesse fortuitement touchée dans cet espace exigu ou de plus en plus de gens se massent.

Il se rend compte que lorsque deux personnes se croisent, un homme fera face à une femme et tournera le dos à un autre homme. Cela l'amuse et se prend lui-même sur le fait dans cette foule à tourner le dos à un gros barbu pour rejoindre le comptoir où l'attend un pastis que vient de lui servir Momo.

En attrapant son verre, il heurte le ventre de Rafy. Il sent un objet dur et assez volumineux.

– Tu fais chier Rafy. T'as pas compris que je voulais pas de ça.

– Lâche-moi. Le gun c'est moi qui l'ai. C'est pas ton problème.

– Et si y a de la baston ce soir, tu fais quoi avec ton arme, tu la sors ?

– Je la sors et je fais pisser de peur le mec que je braque.

– T'es complètement fou. Je me tire. J'ai pas envie de finir ma vie en taule à cause de toi.

– Et vas-y, Julien, on avait dit qu'on se faisait la féria tous ensemble, hurle Momo pour se faire entendre. La première diffusion de la missa de la paloma blanca vient de commencer et tout le monde chante dans la bodega.

– Olé ! Olé, olé, olé ! Olé, olé, olé !…

– C'est nul la féria quand on est tout seul. Reste avec nous Julien.

– Non, j'me tire. On se retrouve chez Pablo si Rafy va poser son arme. Bye !

– Attends, on va pas aller à la bodega de Pablo Roméro avant minuit. On va faire quoi avant !

– Ce que vous voulez, moi je vais sur le Victor Hugo voir la sortie de la corrida.

Arrivé au bas du boulevard, le bar « les trois maures » est bondé. Les buvettes installées dehors sont inaccessibles. Une immense clameur monte des arènes. Les portes se sont ouvertes. Un torero, porté en triomphe salue la foule. Il brandit ses trophées à bout de bras. Julien n'est pas un fanatique des corridas ; Il admire le courage de ces hommes qui affrontent ces fauves. L'année dernière, lors d'un encierro dans un village limitrophe de Nîmes, il a pu goûter les cornes et les sabots d'un toro lâché dans les rues. L'alcool lui avait fait oublier la peur et il a terminé sa féria aux urgences de l'hôpital avec une bonne dizaine de points de suture posés à vif.

– Salut Julien ! lance une voix féminine.

Il tourne la tête et aperçoit la jolie Frédérique, une étudiante en troisième année de droit. Il s'approche d'elle et l'embrasse en lui entourant la taille d'un bras.

Les filles de la fac sont attirées par lui. Il incarne cet ange et ce démon qui les fascinent. Son charme ne les laisse pas indifférentes, mais elles en ont peur tout en rêvant secrètement de le séduire et de l'apprivoiser.

– Je t'offre un verre, propose Julien

– Non aujourd'hui c'est moi qui t'invite. Deux 51 s'il vous plait.

– Tu viens souvent à la féria ?

– C'est un des endroits que j'adore. Ici tout est permis. Ça me change de ma vie de petite bourgeoise. Ça m'excite tout ce monde ; au début j'en ai peur, mais avec un peu d'alcool, j'oublie mes craintes et je profite de tout.

– Et de quoi par exemple ?

Une douce couleur rouge apparaît sur ses pommettes. Mais à quoi bon cacher quoi que ce soit.

– J'aime la sensualité qui se dégage de la féria. J'adore les bodegas où tout le monde danse, chante. Souvent il y fait très chaud et cela donne une atmosphère irréelle à tous ces corps qui suent et se frôlent. Ça me fait penser aux orgies romaines, aux perversions des sociétés décadentes.

– Tu es perverse toi ?

– Un peu, comme tout le monde, mais uniquement à la féria.

Elle n'en revient pas du culot qu'elle a eu de lâcher ces quelques mots. Elle, la fille de bourgeois, tenir des propos aussi osés devant un garçon. Elle imagine ce que pourrait penser sa mère.

– Si ma mère m'entendait !

– Elle en faisait peut-être autant à vingt ans.

Ils rient tous les deux. Il approche ses lèvres et dépose un baiser sur sa bouche.

– Tout est permis. C'est toi qui l'as dit.

– Tout.

Il a envie d'elle. Ce soir il la retrouvera dans un coin de rue et feront l'amour, comme ça, sans pudeur, dans le seul et unique objectif de plaisirs.

– On se retrouve ce soir chez Pablo Romero si tu veux ?

– Je veux.

Il pose son verre et reprend son chemin en remontant le boulevard Victor Hugo

CHAPITRE 2

La fête bat son plein ; Julien croise trois jeunes. Enfin deux qui portent un troisième comme un fardeau. Il est tellement ivre qu'il est à moitié allongé sur leurs dos, les deux pieds qui traînent par terre.

Il passe devant un chinois qui vend des nems. Il en achète deux et commence à les avaler. Il avait besoin de manger. Lui aussi, les doses de pastis commençaient à lui faire tourner la tête. Le boulevard ressemble à un torrent à deux courants opposés. Ceux qui vont vers les arènes et ceux qui remontent vers la maison carrée. Au milieu de ces flots les stands alignés offrent paella, poissons frits, nems, gardiane de taureau et sandwiches en tout genre.

Finalement, Julien ne se sent pas si mal sans ses compagnons de mauvais coups. Il s'arrête pour prendre une bière. La première gorgée lui arrache une grimace. Elle est glacée et amère, mais peu importe, il a envi de se saouler avant de rejoindre les autres chez Pablo.

Arrivé à la maison carrée, il tourne à droite dans la rue de l'horloge. Il choisit de suivre un groupe de jeunes. Ils arrivent devant une petite bodega Une femme debout sur le comptoir chante du Piaf. Tous les clients chantent avec elle, boivent et dansent des valses à deux, à trois, dans le désordre le plus complet. Il attrape une autre bière au passage et la boit d'un trait. Aucune grimace, il commence à être bien. En continuant son déambulement il dérange un homme d'une cinquantaine d'année en train d'uriner contre une porte cochère. Il en fait autant. Les rues de Nîmes sont devenues immondes. Entre les cadavres de bouteilles, les papiers de sandwiches et les hommes imbibés de bière qui urinent à chaque coin de rue, il faut vraiment avoir un coup dans le nez pour rester. Elle a raison Frédérique, la jolie étudiante, nous sommes en pleine décadence, mais que c'est bon.

Momo, Rafy et les autres sont en train de parlementer devant les portes de la bodega avec les videurs. Trop de monde, ils ne veulent pas les laisser entrer, Le ton monte, Rafy passe sa main sous son tee-shirt, il caresse frénétiquement la crosse de son arme.

– Regarde Raf, mate la nana qui vient de passer. J'ai jamais vu une fille aussi belle.

Momo vient de croiser une icône, une fille plus belle encore que toutes celles qu'il a croisées dans ses plus beaux rêves.

Ils la suivent un instant des yeux, s'attardent sur ses courbes, imaginent la longueur de ses jambes sous son jean. Ses hanches sont aussi pures et rondes que les plus beaux modèles de Modigliani. Ceci dit, Momo et les autres, Modigliani, ils ne connaissent pas. Pour eux, ce doit être un footballeur de la Juve ou autre club italien.

– Venez, on la suit.

Et comme un seul homme, ou plutôt comme une harde de loups, ils commencent la traque de leur jeune proie. Ils longent la rue Émile Jamais, retrouvent le Boulevard Louis Blanc. Elle est là devant eux. Elle tourne la tête, ses cheveux noirs semblent voler. Rafy la rattrape.

– Salut, tu es seule ?

– Non je cherche quelqu'un.

– Ben ça y est, tu l'as trouvé, dit-il en lui prenant le bras fermement.

– Non, celui que je cherche est plus doux.

– Et ça c'est doux ou c'est dur, répond Rafy en amenant de force la main de la jeune fille sur son sexe.

Dans un élan elle se dégage et lui assène une violente gifle.

– Qu'est-ce qu'elle t'as mis, envoie Momo en riant aux éclats.

Il est le seul à rire. La gifle et surtout devant ses copains rend Rafy fou furieux. Il se lance à la poursuite de la jeune femme. Il la voit tourner à droite après la maison carrée.

Elle essaye de se faufiler au milieu de la foule, prend la première à droite et tombe nez à nez avec Julien qui sirote une énième bière.

– Sauve-moi, je t'en supplie.

Les yeux de la jeune femme d'un vert profond se fixent sur ceux de Julien. Il aperçoit ses copains à l'angle de la rue et comprend immédiatement la situation. Il lui prend le bras et l'entraîne sous une porte cochère. Ils restent là quelques minutes, sans bouger, leurs corps serrés l'un contre l'autre. Il sent son cœur qui bat à travers sa poitrine. Le chemisier de la jeune femme est ouvert laissant entrevoir le galbe de sa poitrine.

Julien glisse ses doigts sous le chemisier, écarte doucement les deux derniers boutons. Il glisse ses deux mains sur les hanches de la jeune femme et remonte doucement sous ses seins pour les caresser fermement.

Dans une esquive, elle s'échappe et en courant, elle disparaît. Julien a trop bu pour la suivre. Il a envie d'une femme. Il repense à Frédérique et à son rendez-vous chez Pablo.

La bodega est pleine à craquer. Il est quatre heures, et la fête est à son apogée. Il ne sais pas comment il va retrouver Frédérique tant la foule est compacte. Peu importe, la musique lui plait, tout le monde danse, sauf ceux accrochés aux comptoirs et qui vont certainement y rester jusqu'à la clôture. Il se laisse entraîner dans une sévillane, Cette danse a la sensualité qu'il recherche. Les corps des femmes se frottent. Il n'y a plus ni complexe ni pudeur. Chacun recherchant le plaisir du contact, du toucher, des parfums qui se mélangent.

Il n'a pas retrouvé Frédérique. Il commence à être épuisé. L'alcool qui, il y a quelques heures le transcendait commence à faire son effet inverse. Il est temps de rentrer. Il regarde sa montre, cinq heures.

Arrivé dans son appartement, il enlève d'un bloc chaussures, jean et sous-vêtement et se laisse tomber sur son lit. Il s'endort aussitôt.

Une femme avance au loin, comme survenue de nulle part. Elle s'approche de son lit. Il voudrait se lever mais ses muscles ne réagissent pas. Le visage de la jeune femme est flou, elle porte un chemisier en soie blanche qui laisse entrevoir une poitrine lourde. Elle dégrafe les derniers boutons et laisse tomber l'étoffe sur le ventre de Julien. La douceur du tissu, le parfum de violette qui en émane le font frissonner de plaisir. Il scrute la pénombre pour découvrir enfin le visage de cette apparition. Il n'arrive qu'à discerner clairement les yeux, deux perles de jade d'un vert profond avec des reflets de toutes les nuances. Enfermé dans son rêve, il sourit, il lui semble reconnaître la jeune femme qui s'est jetée dans ses bras dans la rue de l'aspic. Il ne se réveillera pas. Il veut vivre ce rêve.

Il pose ses mains sur les seins de l'ange qui vient de le réveiller. Un ange, voilà c'est ça. Ils sont brûlants de désir. Ses doigts caressent doucement les mamelons. Ils glissent des aisselles au sternum, redescendent vers le ventre pour retrouver leur galbe. Il s'imagine comme un sculpteur qui façonne un buste dans de la glaise encore chaude et tendre.

Elle est maintenant nue, assise sur lui. Il sent la douceur chaude et humide. Son désir devient de plus en plus violent. Il a envie de cette chaleur autour de son sexe. Comme si elle avait compris son désir, elle descend doucement, aspirant en elle le membre dressé de Julien. Elle arrondit doucement ses hanches, comme pour recevoir Julien au plus profond de son ventre. Elle prend le chemisier et le pose sur son visage. Il s'enivre de ces effluves de violette, son corps tout entier n'est que sensations. Il jouit avec une violence inouïe. Elle pose un doux baiser sur sa bouche, caresse ses lèvres du bout de la langue comme pour les dessiner.

– Viens dimanche matin à La Vernarède, à côté de Chamborigaud. Je serai prêt de l'église. Je m'appelle Valentine.

En sursaut il se réveille. Son ventre est recouvert de sperme. Il sourit en se disant qu'il est grand temps de trouver une femme pour arrêter de faire ces rêves d'adolescent et souiller son lit par des pollutions nocturnes comme disent les médecins.

Le soleil traverse la chambre de Julien. Il est déjà midi. Il ferme les yeux. Un instant, il revoit son rêve de la nuit. Cela le fait sourire.

– Jamais je n'ai eu autant de plaisir, se dit-il un peu honteux de trouver autant de sensualité dans un simple rêve.

Il se lève, ramasse les vêtements qu'il avait laissés la veille au pied du lit. En prenant son tee-shirt, il lui semble reconnaître ce parfum de violette de l'ange.

Il se rappelle que la jeune femme qu'il a sauvée des griffes de Rafy était restée longtemps blottie contre lui sous la porte cochère. C'est certainement son parfum et son tee-shirt au bord du lit qui ont participé à l'élaboration de son rêve.

Il ouvre son frigo. Il fonce sous la douche, s'habille en vitesse. Dans la voiture, il repense à cette folle nuit d'amour. Il sourit de la violence de son plaisir. Arrivé sur le boulevard Jean Jaurès, il se gare près d'un bistrot. Il s'installe à une table.

– Un grand café et deux croissants s'il vous plait.

Sur la table à côté de lui traîne un midi libre. Il le saisit et commence à feuilleter les pages. Deux pages sont consacrées à la féria et au succès du matador sorti par la grande porte. Machinalement, il parcourt les pages des faits divers et son regard tombe sur un horrible accident survenu au village de La Vernarède.

Une jeune nîmoise de 25 ans se tue en perdant le contrôle de son véhicule… etc. La jeune femme est morte sur le coup…. etc.

La Vernarède, comme dans son rêve. Il s'amuse de la coïncidence. Il connaît un peu ce village. Dans son enfance, il y allait faire des colonies de vacances. Il se souvient des longues heures de baignade prés de la Jasse de Chamborigaud. C'était aussi le temps de ses premiers amours, de ses premiers baisers.

Puisque le hasard lui a rappelé l'existence de ce village, il y retournera, et pourquoi pas dimanche. Cela l'aidera peut-être à refaire ce rêve.

Fini de rêver, Julien doit rejoindre ses potes dans un appartement de la ZUP Nord. Ils doivent recevoir un colis d'Espagne.

– Tu étais où hier soir, on ne t'a pas trouvé chez Pablo.

Julien n'est pas du style à étaler sa vie affective, surtout avec ses copains.

– Si on te demande, tu diras que t'en sais rien. Bon, il est arrivé le colis ?

– Ce matin vers 11 h. J'ai préféré le mettre dans la cave. Deux cents cartouches de cigarettes, je ne pouvais pas les passer par l'ascenseur. Je suis sûr que le légionnaire du troisième nous aurait vu.

– On va pouvoir se faire rapidement entre quatre et cinq mille euros. Momo, tu vas sur le Jean Jaurès. Rafy, tu fais le quartier des arènes. Tu trouves trois mecs pour St Césaire et le chemin bas d'Avignon.

– Eh j'suis pas ton larbin. Trouve-les toi-même.

Julien l'attrape par le col et lui assène un coup de tête sur le nez.

– Je vais te tuer.

Momo s'interpose. Ses deux mètres et ses cent kilos neutralisent rapidement Rafy. Le visage en sang, il claque la porte de la cave en murmurant.

– La première balle sera pour toi.

Julien a entendu, mais impassible il enchaîne :

– Momo, tu pourras trouver les deux revendeurs ? Et un gars sûr pour remplacer Rafy.

– Je m'en occupe. Tu sais, un jour il te chopera. Tu veux pas que je m'occupe de lui aussi.

– Non, il est trop trouillard. Il fait déjà plus partie de ma vie.

– Momo, tu te rappelles comment on fait pour aller à La Vernarède ?

Il éclate de rire.

– Tu vas pas retourner dans ce trou perdu. Tu te rappelles les conneries qu'on a pu faire en colo.

– Oui, c'était cool. Non faut que j'y aille dimanche.

Momo ne pose pas plus de questions. Il sait qu'il n'aura pas de réponse de la part de Julien. S'il doit aller là bas, c'est qu'il doit y avoir un business intéressant.

– Tu vas jusqu'à Alès et tu suis la direction Villefort, Langogne.

– Au fait hier soir, on a traqué une nana, si tu avais vu la beauté que c'était !

Julien revoit le regard effrayé de la jeune femme qui s'est précipitée contre lui dans la rue de l'Aspic. Il a encore en lui son parfum de violette.

– Vous n'en avez pas marre de courser les filles. Un jour vous allez plonger pour viol ou tentative de viol. C'est pas très glorieux.

– Oh ! on voulait juste draguer.

– Toi peut être, mais Rafy, c'est un fou, il est capable de tout. Un petit complexé, méchant et abruti, c'est les pires de tous. Fais gaffe avec lui, il t'entraînera dans ses coups foireux.

– T'inquiète, j'ai oublié d'être con.

– Je préfère revendre des clopes ou du shit. Si on se fait choper, on prendra pas grand-chose. L'héro ou la cocaïne c'est trop dangereux. J'aime bosser avec toi. Y'a pas de surprise.

– Je sais que je peux compter sur toi Momo.

– C'est quand tu veux mec. Au fait tu fais quoi ce soir.

– Je retourne chez Pablo, j'ai une petite qui n'attend que moi.

Chapitre 3

La moto de Julien s'engage sur le boulevard. Au feu, il aperçoit une pancarte « Villefort ». Il est au pont de Grabieux à Alès. Personne sur la route en ce dimanche matin. Il roule quelques minutes.

Il repense à la nuit qu'il vient de passer avec Frédérique, la jeune étudiante. Il l'a retrouvée tard dans la soirée dans une bodega de Nîmes. Elle était habillée d'un petit ensemble Soleïade. Une petite jupe de toutes les couleurs, assez courte pour qu'il ait remarqué qu'elle portait un string. Il avait aperçu la jolie rondeur de ses fesses lorsqu'elle dansait au milieu de la piste.

Après avoir bu et dansé ensemble quelques heures, Julien lui demanda :

– Aujourd'hui aussi tout est permis ?

– Avec toi, tous les jours.

Il l'a prise par la main et l'entraîna hors de la bodega Dans les rues sombres de la ville, il la plaqua contre un mur et l'embrassa sauvagement. Il passa ses mains sous sa jupe et lui appuya fortement sur les fesses pour que leurs deux corps s'écrasent l'un contre l'autre. Elle sentait son sexe dur qui tendait la toile de son jean. Doucement elle glissa sa bouche dans son cou. Ouvrit sa chemise pour respirer profondément son parfum. Sa bouche descendait doucement sur sa poitrine puis sur son ventre. Elle était maintenant à la hauteur de son sexe emprisonné. Elle ouvrit délicatement le pantalon de Julien et sa bouche enveloppa Julien qui ressentit une immense chaleur l'envahir. Il fermait les yeux comme pour consacrer tous ses sens au plaisir qui montait en lui. Lorsqu'il jouit, elle le prit aussi profondément qu'elle le put, comme si elle avait voulu ne rien perdre de cette jouissance.

– J'ai envie d'aller chez toi, tu verras, j'ai encore plein de surprises, dit-elle avec plein de malice dans la voix.

Toute la nuit fut d'un érotisme torride. Jamais Julien n'aurait pensé que cette fille pouvait se déchaîner comme ça en faisant l'amour. Le contraste avec son air de petite fille de bonne famille et l'audace sexuelle dont elle faisait preuve était tellement énorme qu'ils en plaisantèrent pendant les courts moments de répit qu'elle lui accordait.

Sur sa moto, Julien revient à la réalité. Le Pradel, l'Affenadou, bientôt après quelques épingles qu'il aborde assez vite, il aperçoit le château de Portes qui domine la vallée bouleversée par les anciennes mines à ciel ouvert.

Un dernier virage à gauche « La Vernarède ». Il croise une clio accidentée garée sur la droite. Arrivé au premier croisement, il demande son chemin à un vieux assis sur un banc de pierre. Le béret posé sur les oreilles, un gilet bleu et pantalon en velours vert, il semble faire partie du paysage.

– Tu vois le chemin là, c'est celui qui mène au château. La petite route qui monte te conduira jusqu'à l'église. Va y avoir du monde ce matin. Pauvre petite, elle avait à peine vingt cinq ans.

Julien s'engage pour gravir les quelques lacets et se retrouve sur le plateau. Il aperçoit l'église et une grande foule massée devant la porte. Il passe doucement au milieu des personnes et juste après l'église trouve à se garer sur la droite.

Il reste assis sur sa moto. Les gens sortent des nombreuses voitures. Ils sont tous habillés de noir. Beaucoup de jeunes sont là aussi. Les filles pleurent. Les garçons essayent de masquer un immense chagrin derrière leurs lunettes noires.

Julien se demande ce qu'il fait là. Se taper cent kilomètres pour se retrouver au milieu d'un enterrement.

Les portes de l'église se sont ouvertes à l'arrivée du corbillard. La foule silencieuse s'est engagée très doucement derrière le cercueil, et bientôt le plateau est redevenu calme et désertique.

La cloche se met à sonner. Un seul coup suivit quelques secondes plus tard par un deuxième, puis un troisième. Il ressent au fond de lui une immense mélancolie rythmée par ces sons profonds et graves.

Il descend de sa moto et machinalement il se dirige vers l'entrée de l'église. Délicatement il pousse la lourde porte.

Il est surpris par la beauté de la scène qui se déroule devant ses yeux. Surpris de trouver autant de grâce et de plénitude lors dune cérémonie funéraire.

Il est au fond de l'église. Lorsque le curé s'approche du cercueil pour le bénir, le soleil printanier perce la pénombre de la chapelle en se décomposant en mille faisceaux de lumière en traversant les carreaux du vitrail. Cette douce luminosité, la fumée de l'encens, la beauté de l'autel couvert de fleurs blanches, les célébrants les mains ouvertes en offrande au Seigneur lui donnent une dimension mythique et surnaturelle. La foule nombreuse se lève en silence, le curé lève les yeux vers le ciel.

– Valentine, que ceux qui t'on aimée se réjouissent de t'avoir croisée sur leur chemin. Que ceux qui te pleurent trouvent dans le Seigneur la force de vaincre leur chagrin. Nous allons t'accompagner pour ton dernier voyage.

Mes amis, levons nous et ensemble menons Valentine vers sa dernière demeure.

Quatre jeunes hommes assis au premier rang s'avancent. Délicatement, comme s'ils soulevaient un objet fragile et précieux, ils déposent le cercueil sur leurs épaules. D'un même pas lent ils traversent l'allée centrale. La porte s'ouvre offrant un éclair de lumière pour les accueillir.

Julien suit le cortège comme hypnotisé. Le chemin qui mène de l'église au cimetière est parsemé de pétales de rose. Julien reste devant la porte du cimetière. Il se sent attiré par cette cérémonie mais ressent aussi une certaine gène. Il se sent étranger à l'immensité du chagrin de toute cette foule. Après quelques minutes, le curé et ses enfants de cœur sortent du cimetière. Petit à petit, les gens les suivent, certains enlacés, secoués par des sanglots, d'autres marchant comme des automates.

Les dernières voitures quittent le parking de l'église. Julien est resté près du cimetière. Il entre tout doucement, comme s'il avait peur de se faire surprendre par les propriétaires de ce lieu.

Julien est un petit voyou, mais sa mère avait voulu lui inculquer quelques valeurs chrétiennes. Longtemps il était allé au catéchisme. Il en avait d'ailleurs souvent subit les moqueries de ses copains de la ZUP, mais c'était la première fois qu'il pénétrait dans un cimetière.

Il pose les yeux sur quelques tombes, quelques parcelles entourées de petites barrières en fer forgé. Combien de tombes semblent abandonnées ? Que certains crucifix aient la tête en bas, que les mauvaises herbes aient colonisé certaines parcelles n'est pas dérangeant. Ce qui est terrible c'est que les hommes ou les femmes qui sont enterrés là sont tombés dans l'oubli total. Plus personne ne pense à eux, plus une âme pour se rappeler qu'ils ont été sur cette terre, qu'ils ont aimé et pleuré, qu'ils sont partis pour l'éternité et que cet oubli les fait disparaître à jamais.

Il s'approche de la tombe recouverte de fleurs blanches.

– Valentine Meynadier.

Julien pense à son rendez-vous. Il se lève et scrute les environs. Il sort tranquillement du cimetière. Les graviers crissent sous ses pieds. En descendant le chemin, le casque accroché à son bras, il se dit qu'il n'a pas envie de rentrer tout de suite à Nîmes. Il aimerait revoir les coins où quelques années plus tôt il avait fait les cent coups avec ses copains de colonie.

Il redescend tout en bas de La Vernarède. Il arrive sur la place du village. Tout semble désert. Il avait remarqué aussi qu'un grand nombre de maisons dans la descente étaient à vendre.

– Il a raison Momo, c'est un trou perdu ici. Y a pas un chat.

Il continue son chemin vers la Jasse de Bernard et poursuit jusqu'à Chamborigaud. Les bars sont ouverts. Il s'y arrête et s'offre une bière. Il a soif. Il a passé presque deux heures en plein soleil au cimetière et le soleil est chaud aujourd'hui.

Comme attiré par les montagnes qu'il perçoit au loin, il reprend la route vers Langogne. Après quelques dizaines de minutes et bon nombre de lacets, il arrive à Villefort. Le village est très animé. L'avenue centrale grouille de monde. Ce dimanche de Pentecôte est propice aux retrouvailles. Les maisons familiales reprennent vie. Chaque frère et sœur, cousin, cousine doivent se retrouver en ces premières chaleurs et semblent faire ressortir le village tout entier d'une longue hibernation. En continuant sa route, après avoir dépassé le barrage, sa moto grimpe avec agilité laissant la profonde vallée du Chassezac sur la droite. Une petite chapelle, comme posée par hasard domine ces gorges abruptes. Il s'arrête un instant. Il enlève son casque, respire profondément. Il s'assoit sur un petit muret en pierre et se met à penser à ces funérailles. Il n'a que très rarement ressenti autant d'émotion. Il ignore tout de cette Valentine Meynadier mais regrette de ne pas avoir croisé sa route. Il décide de faire demi-tour et de rejoindre le petit cimetière perché là haut à côté de l'église de La Vernarède.

Il commence à faire sombre. Il gare sa moto devant la grille du cimetière qu'il ouvre doucement. Malgré la pénombre il aperçoit facilement le tombeau recouvert de fleurs. Il s'assoit sur la tombe voisine et les yeux fermés. Il ressent comme un vide en lui. Elle devait être aimée pour qu'autant de gens pleurent son départ éternel. Qui viendra à son enterrement, Momo c'est sûr. Peut être que ce sera l'occasion de revoir son père qui les a quitté sa mère et lui depuis presque quinze ans. Enfin le revoir, façon de parler, je ne sais pas si on voit grand-chose quand on est mort.

– Qu'est ce qui se passe après ?

– Certainement pas grand-chose.

C'est la première fois qu'il y pense.

Pourquoi ce rêve si étrange, si fort, si sensuel ? Pourquoi ce prénom Valentine, le même que celui de la défunte ? Pourquoi La Vernarède ?

Autant de questions qui le hantent et auxquelles il ne trouve pas de réponses.

Il est très tard, il pénètre dans le parking sous terrain de son immeuble à la ZUP nord. Il se sent fatigué. Ce soir il ne sortira pas à la féria. Les émotions qu'il a ressenties aujourd'hui étaient si envoûtantes qu'il préfère passer la soirée chez lui plutôt que de courir vers des rencontres éphémères et uniquement sexuelles.

Il tourne le verrou de son appartement, quitte ses bottes de moto et se laisse tomber à plat ventre sur son lit. Il a envie d'un pétard. Un bon joint pour terminer cette soirée. Il sort un petit sac en cuir, un paquet de Camel et se confectionne rapidement une cigarette sur laquelle il tire une longue bouffée. Il sort du congélateur une bouteille de vodka complètement couverte de givre et s'en sert un grand verre.

L'alcool, le cannabis le plongent dans un sommeil profond.

Soudain, il se réveille. Il semble ressentir une présence dans son appartement. Il se lève, les jambes engourdies et le regard flou. Il sort un cran d'arrêt de la poche d'un blouson.

– C'est certainement Rafy qui vient mettre sa menace à exécution, se dit-il.

Il pousse d'un geste brusque la porte de la salle de bain d'où il lui avait semblé entendre des bruits. Personne.

Il explore chaque recoin de son appartement, même les plus petits. Il faut se rendre à l'évidence, il est seul, bien seul. Il sourit de la situation. Lui le caïd en train de traquer les fantômes.

Il retourne vers son lit. Là, sur les draps, un bloc note et un stylo ont été déposés.

Il ne se souvient pas avoir écrit quoi que ce soit hier soir, il était trop fatigué. Il attrape le bloc posé à l'envers, le retourne et comme électrocuté le rejette violemment.

– C'est quoi ce sketch ?

Il reprend le bloc note et lit les quelques mots écrits.

– J'ai besoin de toi, sauve-moi !

Qui a bien pu laisser ce message ? Personne ne possède un double des clefs de l'appartement. Est-ce Momo, il est capable d'ouvrir toutes les portes sans aucunes difficultés.

– Allo, Momo, qu'est ce qui se passe ?

– Je suis devant l'Imperator, tu peux pas imaginer les colis qu'il y a. Je crois que je vais pouvoir rentrer, j'ai accroché une petite qui a des invits. Tu viens ?

– Tu es passé chez moi aujourd'hui ?

– Tu me vexes Julien. Je peux ouvrir toutes les portes que je veux, mais jamais la tienne, sauf si un jour tu es en danger. Tu viens ?

– Non, merci Momo, je suis nase. Je me suis fait un pétard et je ne suis pas dans mon assiette.

Julien n'a pas peur. Il se demande qui a osé rentrer chez lui. Ce n'est pas Rafy, il aurait tout cassé ou serait resté pour le piéger. La petite Frédérique ? Non impossible, il ne laisse jamais les clefs de son appartement aux filles qu'il séduit.

Il cherche le bloc note qu'il avait déposé sur une table pour téléphoner à Momo. Il n'y est plus. Il a vraiment abusé hier. Ça ne va pas du tout. Le bloc est sur le lit, le stylo posé dessus. Il s'approche, se penche sans le toucher et lit.

– Je t'en prie, répond moi !

Il saisit le stylo et écrit :

– Qui es-tu ?

– Nous avons fait l'amour il y a deux jours et déjà tu m'as oubliée.

– Deux jours ? Vendredi soir, je suis rentré seul. Si j'avais fait l'amour je m'en souviendrais. Il repense au rêve qu'il a fait. Il ne peut imaginer que ce soit ça.

– Si Julien, c'était comme un rêve. Comment a-t-elle pu lire ses pensées ?

– Mais c'était un rêve, une soirée de féria, un peu trop d'alcool, et une énorme envie de baiser.

– La frontière entre le rêve et la réalité est si petite.

– Tu es parti trop vite de La Vernarède. Tu ne m'as pas laissé le temps de venir. Tu sais je viens de très loin. Viens ce soir, je t'attendrai. Tu sais où me trouver.

– Attends ne part pas dit moi qui tu es ?

Pas de réponse, le stylo reste inerte. Julien croit être devenu fou. Comment a-t-il pu dialoguer avec l'héroïne de son rêve. C'est absurde, mais le bloc note est bien réel. Il arrache les pages manuscrites, il attrape son casque, enfile ses bottes et sort de l'appartement.

Il fait nuit, il roule à vive allure, retrouve la route qu'il a empruntée cet après midi. Devant le cimetière, la grille est restée ouverte. Il a dû oublier de la fermer tout à l'heure. Arrivé devant la tombe de Valentine il s'asseoit au même endroit qu'il y a à peine quelques heures. Il enfouit son visage entre ses mains et, comme quelqu'un qui sort d'un long sommeil se masse les pommettes.

Un parfum de violette le sort de ses pensées. Un parfum qu'il reconnaît immédiatement. La mémoire des odeurs est certainement celle que tout être conserve le plus longtemps en lui avant qu'elle ne disparaisse.

– Où est-tu ?

– Là, juste derrière toi. Ne te retourne pas.

Il sent une main qui se pose sur son épaule. Le parfum de violette l'enveloppe complètement. Il sait désormais qu'il a rendez-vous avec son rêve. Il ne comprend pas mais il sait que c'est elle.

– Il est impossible que je sois encore là sur cette terre, Je suis allongée devant toi sous cette pierre, tous mes amis m'ont pleurée ce matin et pourtant je suis encore là. Pourquoi ?

Julien pose sa main sur celle qui repose sur son épaule. Il tourne légèrement la tête et aperçoit les yeux verts de celle qu'il a quittée vendredi en se réveillant.

– Tu ne peux pas être morte, c'est impossible. Je te vois, là devant moi. Je sens ton parfum, je caresse ta main sur mon épaule. Non, c'est impossible.

– Non, ne doute pas Julien. Tu me ferais disparaître.

Julien se lève d'un bond, Il fixe le tombeau. Il se retourne, Valentine n'est plus là. Il essaye de soulever la lourde pierre. Seul il n'y arrivera pas.

– Momo, c'est julien. Viens, j'ai besoin de toi.

– T'es ouf. Je suis avec un ange, une nana que même en rêve je n'ai jamais eue.

– Moi aussi, viens, je suis à La Vernarède au cimetière.

– Qu'est ce que tu fous là bas et dans un cimetière. T'es tombé sur la tête.

– Oui c'est ça, viens, tu es le seul à pouvoir m'aider.

– Putain, c'est bien parce que c'est toi, c'est au moins à quatre vingt bornes ce bled. J'embrasse ma belle et le suis là dans une heure.

Julien est toujours assis sur la tombe. Il ne cesse de relire le nom inscrit devant lui : « Valentine Meynadier ».

– Comment est-ce possible ?

Au loin, il entend une moto qui se rapproche. Bientôt les phares surgissent de derrière l'église et s'engage sur le sentier du cimetière.

Julien se lève, se rapproche de la grille et fait un signe à Momo.

– Qu'est ce qui se passe. T'as rien, t'es pas blessé. Je croyais que j'allais te retrouver en morceau. T'es sur un coup. Tu sais le pillage de tombes, c'est pas trop mon truc. J'ai beaucoup de respect pour toi, mais ne me demande pas de faire ça.

Julien lui explique son rêve dans la nuit de vendredi, le midi libre, l'enterrement de Valentine Meynadier. Il sort les pages froissées de son bloc note et les tend à son ami.

– T'es sûr que t'as pas forcé sur le shit. Qui te l'a vendu, parce que y a des revendeurs qui abusent.

Julien lui raconte sa rencontre avec Valentine ce soir, son parfum, ses yeux verts, sa longue chevelure brune, sa beauté d'une pureté jamais égalée.

– Tu veux qu'on fasse quoi ?

– Faut ouvrir la tombe, je veux voir qui est dedans.

Sans broncher Momo penche son imposante carcasse sur la pierre de marbre et commence à la faire bouger. Julien se joint à lui et bientôt le tombeau est ouvert.

Ils rentrent dedans et se retrouvent devant plusieurs cercueils dont un qui brille encore éclairé par la toute petite clarté de lune qui pénètre dans la tombe. C'est celui qui a été déposé ce matin.

– On verra rien, attends, j'ai une torche dans la boite à outil de la moto. Je prends aussi de quoi ouvrir la caisse.

Julien n'apprécie pas trop ce mot caisse. Jamais il aurait pensé se retrouver en train de violer une sépulture.

– Voilà, pousse-toi, je vais ouvrir.

Momo soulève le couvercle du cercueil. Le même parfum de violette s'en échappe. Ils se penchent et aperçoivent un flacon ouvert posé sur la poitrine de la jeune femme. Son teint blanc ne peut dissimuler une étrange beauté. Ses cheveux noirs ont été coiffés avec soin, comme si elle était partie pour un long voyage.

– C'est elle, dit Julien

Momo fait un pas en arrière. Lui aussi n'a pas peur de grand-chose, mais ce sentiment de jouer avec un fantôme n'est pas fait pour le rassurer.

Ils referment le tombeau et sortent du cimetière.

– Tu vas faire quoi Julien ?

– J'aurais dû la croire, je suis un pauvre con. C'est certainement la femme de ma vie et je n'ai pas été foutu de l'aider.

– La femme de ta vie ! Tu sais elle est morte.

– Peut-être, mais moi je l'ai vue encore vivante.

Les deux amis enfourchent leurs motos et une heure plus tard se retrouvent à Nîmes. Devant le parking, Momo lance à Julien.

– Tu devrais quand même te reposer. Et puis lâche cette came, je t'en donnerai de la bonne.

Julien lui sourit. Jamais un ami ne lui a été aussi cher. Certes, il est resté incrédule, mais il est là, sans poser de question, juste par fidélité et amitié.

– Ce parfum ! Julien en fut envahi en ouvrant son appartement. Il court jusqu'à la salle de bain d'où il aperçoit une lumière.

– Tu en as mis du temps ! dit Valentine

– C'est loin La Vernarède.

– Non pas pour revenir de mon village, pour comprendre que j'existe vraiment.

– Tu avoueras que ce n'est pas commun de rencontrer une femme dans un rêve, de l'accompagner à son enterrement, lui parler quelques heures plus tard et la retrouver à trois heures du matin dans sa salle de bain, dit Julien en remarquant enfin qu'elle était nue, les cheveux mouillés tirés en arrière.

– Pourquoi tu es encore en vie, j'aimerais comprendre. Je ne crois pas aux fantômes, mais là faut que je me rende à l'évidence.

– Je n'en sais rien moi non plus. Je me souviens de cette descente de La Vernarède en voiture et après plus rien. Une immense lumière suivie d'un couloir noir immense qui semblait m'attirer à lui. À la fin du couloir, une porte qui, lorsqu'elle s'ouvrit me conduit dans les rues de Nîmes. C'était la féria, j'ai croisé trois mecs pas cool du tout. J'ai essayé de leur échapper et ma fuite m'a conduite jusqu'à toi.

– J'ignore comment j'arrive à te contacter, mais c'est toi qui a été choisi. Pardonne-moi de te causer toutes ces mauvaises émotions.

– Il y a pire tu sais, dit-il en fixant la poitrine ronde de Valentine.

– J'ai aimé faire l'amour avec toi.

– Pourquoi, ce n'était pas un rêve.

– Pas tout à fait, dit-elle en baissant la tête pour masquer les petites rougeurs qui venaient de naître sur ses joues.

Il l'enlace, ses bras entourent ses épaules. Elle appuie doucement sa joue contre sa poitrine. Ils restent ainsi de longues minutes, sans bouger, plongés dans une merveilleuse sensation qu'ils partageaient.

Soudain, il sent qu'elle pleure. Ses quelques larmes deviennent des sanglots.

– Pourquoi la mort m'a conduite jusqu'à toi ?

– Peut-être parce que tu es la femme que j'ai souvent cherchée.

Elle pose ses lèvres humides de larmes sur les siennes. Il a envie d'elle. Envie de lui appartenir, cette fois-ci ailleurs que dans un rêve.

Ils font l'amour avec tendresse, volupté et frénésie comme si c'était une première fois et peut être la dernière. Leurs corps cherchent les caresses les plus subtiles, les petits coins de leur peau qui provoquent des frissons de plaisir. Ils se donnent l'un à l'autre, sans retenue ni pudeur.

– Valentine ! cria Julien

– Tu disparais, tu deviens floue, que se passe-t-il ?

– Quelque chose m'attire, je ne peux résister. Une partie de moi est repartie dans les Cévennes. Je pars. La première maison à droite sur la route du château, cria-t-elle en disparaissant complètement.

Julien se sent complètement perdu. Il ne sait plus quoi faire. Déjà, il est habillé le casque sous le bras.

Quelques secondes avant de franchir la porte de son appartement, le bloc note se met à bouger sur le petit meuble devant l'entrée.

Une écriture fine et arrondie écrit ces quelques mots.

– Il faut que tu termines ce que je n'ai pas pu faire lorsque j'étais encore en vie. Va au foyer pour jeunes adolescents de Lunel, demande à voir Élodie, c'est une jeune pensionnaire qui vient d'arriver.

CHAPITRE 4

Julien n'a pas dormi. Toute la nuit il a cherché à comprendre. Il est partagé entre l'envie de repartir à La Vernarède, chercher cette maison dont lui a parlé Valentine et trouver cette Élodie.

Pourquoi terminer ce qu'elle n'a pas pu achever. Non, pas question ! Que se passera-t-il une fois la mission achevée ? Est-ce la condition pour que Valentine ressuscite ? La résurrection ou le passage définitif vers la mort ?

Toutes ces interrogations ont hanté sa nuit.

– Momo, je te réveille ?

– Ça va pas bien, tu as vu l'heure.

– J'arrive.

Julien semble si désemparé, si malheureux que Momo sans prononcer le moindre mot se dirige vers la cuisine pour préparer un café.

– Cette nuit, j'étais avec Valentine.

Momo passe les doigts sur ses yeux pour finir de se réveiller. Il est rentré il y a à peine une heure. En revenant de son périple de la veille, il est directement allé à la féria. Toute la nuit il a chanté et dansé.

– T'as retouché à ton shit ?

– Non, j'étais avec elle, crois-moi. Il faut qu'on retourne là haut. Je dois trouver une maison. Tu pourras m'aider à l'ouvrir.

Il sort le bloc note qu'il avait mis dans sa poche et le lui tend.

– Regarde ce qu'elle a écrit !

Momo prend le carnet, après l'avoir lu, il lève la tête.

– C'est sûr, c'est pas ton écriture. Ça veut dire quoi ?

– Je veux la retrouver. On va chercher cette maison dont elle m'a parlé avant de disparaître. Si ça t'emmerde j'y vais seul.

– Je suis prêt. J'ai fait pas mal de coups avec toi, sans la moindre inquiétude, je ne vais pas te lâcher comme ça.

Les deux hommes s'avancent dans la descente de La Vernarède. La première maison est fermée. Le vieux est toujours là, assis sur son banc de pierre.

– Papi, elle est à qui cette maison ?

– Peuchère, c'est la petite qu'on a enterrée dimanche. Une bien belle petite. Ce n'est pas une vie de mourir si jeune.

– Il est rigolo ce vieux, lâche doucement Momo à son ami.

Mais Julien ne l'écoute pas. C'est donc ici qu'il retrouvera Valentine.

– Il faut essayer de pénétrer dans la maison. On attendra la nuit, Il n'y pas grand monde ici, mais on se ferait remarquer à coup sûr.

Le soir venu, après avoir traîné dans les villages des alentours, Momo et Julien garent leurs motos dans un chemin de terre qui descend vers le ruisseau. Ils s'approchent vers la petite maison. En quelques petites secondes Momo a fait sauter la serrure d'une porte située derrière, du côté de la petite cour.

La maison est propre. Sous le faisceau de la torche de Momo, les objets, les meubles dessinent des ombres qui dansent dans la grande pièce. Julien quitte son blouson qui le gène pour chercher un indice, un détail qui pourrait lui permettre de comprendre.

La maison sent la violette. Il ferme les yeux comme pour mieux le respirer.

– Viens voir Julien !

Momo assis sur un lit déballe le contenu d'un tiroir qu'il a enlevé d'une vieille commode.

– Je l'aurais bien vue avec ça, dit-il en brandissant un petit ensemble string, soutien gorge rouge.

Julien lui arrache les sous-vêtements.

– Désolé boss, j'ai peut être fait une gaffe.

– Viens, on se tire, on trouvera rien ici.

Arrivé devant leurs motos, Julien se rend compte qu'il a oublié son blouson dans la petite maison.

– Merde, mon blouson.

– J'y vais, dit Momo, je sais comment on l'ouvre cette baraque. Tu vas mettre trois plombes.

Deux minutes plus tard, il revient portant le blouson sous son bras et brandissant le bloc note de l'autre main. T'avais laissé tomber ça aussi.

– Mon Dieu, regarde !

Momo reprend le bloc et lit :

– Julien, je ne peux plus quitter ce village, aide-moi, tu sais ce qu'il faut faire. Je t'attendrai ici.

– Ça me fout la trouille ton histoire. Tu n'as pas rêvé, tu n'as pas fumé du mauvais shit. C'est impossible une histoire comme ça.

– Si c'est possible, et je crois que c'est mon histoire maintenant

Quelques jours plus tard, les deux amis se retrouvent devant le foyer pour adolescents.

– Bonjour, je m'appelle Julien François, je suis étudiant en 4 e année de droit. J'envisage de me spécialiser sur le suivi des jeunes en difficulté.

– Je vous en prie, entrez ! répond un homme d'une quarantaine d'année, les cheveux blancs, une pipe au bord des lèvres.

– J'aimerai parler, discuter avec les jeunes. Est-ce possible ?

– Il n'y a plus personne, ils sont tous au boulot. Il ne reste qu'une gamine de 17 ans. Depuis la mort de ma collègue elle refuse de sortir de sa chambre. Elle n'a presque rien mangé depuis une semaine.

– Je peux la voir ?

– Suivez-moi !

– Élodie, deux jeunes hommes veulent te parler. Ils sont étudiants en droit.

– J'm'en fous !

Julien enchaîne :

– Je suis un ami de Valentine.

Derrière la porte, il entend des pas. La porte s'ouvre. Élodie est plantée là habillée d'un long tee-shirt qui lui descend jusqu'aux genoux.

– C'est Valentine qui m'envoie.

L'éducateur sourit, il sait que Valentine était la seule personne qui arrivait à la comprendre.

– Valentine est morte, je suis seule maintenant.

– Moi aussi je suis seul sans elle.

Les yeux d'Élodie se chargent de petites larmes. Elle a dû tellement pleurer que ses paupières sont très rouges. Elle se pousse un petit peu pour les laisser pénétrer dans son monde.

– Non, pas vous. Je veux être seule avec lui. Non sans quelque hésitation, l'éducateur et

Momo s'exécutent. Julien s'assoit sur le lit et commence à lui parler de Valentine. De cette femme qui le bouleverse encore. Du manque que sa disparition a laissé dans sa vie. Des heures et des heures durant, ils parlent de Valentine. Élodie lui explique qu'elles devaient toutes les deux chercher un employeur qui accepte de l'embaucher. Elle était prête à tout pour la sortir de ce foyer. Un boulot, même pas très bien payé, pour enfin se sentir libre.

– Mon père et ma mère se battaient toute la journée. Un jour ma mère est partie. Mon père en a profité pour la priver de ses droits parentaux. Ma mère absente, c'est sur moi qu'il tapait. Un jour les flics sont venus chez moi. Mon père a été arrêté et j'ai commencé à vadrouiller de foyers en foyers. Personne ne me comprenait. Il n'y a qu'ici où enfin j'avais trouvé quelqu'un qui me comprenait. Elle se met à sangloter.

– Je suis maudite. Je fais toujours du mal aux gens que j'aime.

– Non, Élodie. Valentine t'aime tendrement, tu n'es pour rien responsable.

– Elle m'aime. Elle est morte. Julien réalise qu'il parlait d'elle au présent.

– Elle t'aime au travers de ce que tu ressens pour elle. Elle t'aimait et elle aurait voulu que je termine ce qu'elle avait commencé avec toi.

– Tu t'appelles comment ?

– Julien. Tiens prends mon numéro de portable. Appelle-moi quand tu veux. Je viendrais te voir souvent et bientôt je te sortirai de ce foyer.

Julien sort de la petite chambre. Il aurait aimé parler de sa rencontre avec Valentine, mais qui pourrait croire à une telle histoire ?

Il rejoint Momo qui était resté devant le foyer.

– Elle est super belle cette petite. Ça me fait mal au cœur de la savoir enfermée dans ce foyer.

– Ça tombe bien Momo. Tu fais le tour de tous les restaurants et cafés de Nîmes et tu cherches quelqu'un qui embaucherait une débutante.

De retour à la ZUP, ils se séparent. Julien monte se changer dans son appartement, récupère un sac dans lequel il glisse quelques affaires de toilette et ressort rapidement, son casque sous le bras.

Une heure plus tard, il laisse sa moto dans le même chemin que la semaine dernière. Il commence à faire nuit, le vieux est déjà rentré. Le banc vide semble étrange sans son pensionnaire.

Julien ouvre la petite porte et s'introduit dans la maison de Valentine. Le même parfum de violette l'accueille. Il se sent bien. C'est le seul endroit ou désormais il arrive à s'apaiser.

Depuis une semaine, il y retourne tous les soirs. Il se lève très tôt le matin pour éviter les curieux et enjambe le talus derrière le jardin pour redescendre les derniers mètres du chemin de l'église situé juste derrière.

– Tu es allé voir Élodie. J'avais froid toute seule là haut dans mon tombeau.

Julien inspire profondément. Le miracle auquel il ne croyait plus s'est enfin produit. Valentine debout derrière lui pose ses mains sur ses yeux.

– C'est qui ?

– Un ange, répond Julien.

Valentine s'assoit sur ses genoux face à lui. Leurs regards plongés l'un dans l'autre. Des minutes s'écoulent, ils se comprennent sans se parler, s'écoutent sans dire un mot.

– Cela fait une semaine que je me suis installé chez toi.

– Je sais, mais je ne pouvais te contacter. Ceux qui m'ont accueilli attendaient que tu répondes à ma demande. Savoir que tu étais là, sans pouvoir me blottir contre toi était un vrai calvaire. Tu vois c'est peut être ça le purgatoire.

– Que va-t-il se passer après ? demande Julien l'air inquiet.

– Dieu seul le sait. Après le purgatoire, c'est le paradis ou l'enfer. Tu as appris ça chez les catholiques.

– Oui, mais c'est pour faire peur aux simples d'esprit. Réponds moi, que vas-tu devenir lorsque j'aurai fini ta mission.

– Il sera temps pour moi que je termine mon voyage.

Julien se met à crier.

– Non c'est impossible, je…

Valentine lui pose un doigt sur la bouche.

– Shut, écoute le bruit des arbres dehors, viens, je vais te faire découvrir mon pays.

Elle le prend par le bras et l'entraîne sur le chemin de l'église. Elle court quelques mètres en le tirant derrière elle comme un enfant qui rechigne à avancer. Elle rit aux éclats.

– Allez viens, j'ai tant de choses à te montrer avant de…

Elle interrompt sa phrase comme effrayée par ce mot qu'elle ne peut prononcer.

Arrivés à quelques mètres de l'église dont l'ombre se dessine dans la nuit claire, elle l'amène devant un petit portail. Ils entrent dans un bois assez sombre. C'est à peine s'ils arrivent à distinguer le petit sentier qu'ils empruntent.

– Tu m'amènes où comme ça ?

– Je vais te montrer où a travaillé mon grand-père.

Ils traversent un grand parc.

– Faut pas faire de bruit là. Ce château appartenait à l'ingénieur des mines. Je crois que c'est un étranger qui y habite maintenant.

Au bout du château, ils bifurquent vers la droite et entament une longue descente.

– Tu vois ici mon grand-père me disait que tout était consacré à la mine. L'école de la mine est certainement celle qui développe, chez celui qui travaille au fond, une philosophie très particulière de la vie en société. Il existe dans les milieux professionnels à haut risque une solidarité, un altruisme que l'on ne peut rencontrer ailleurs.

La communauté des mineurs de fond, de même que celle des dockers ou des soldats en campagne, puise sa force dans une organisation sociale tribale. Chaque instant de la vie est ponctué par des lois rituelles. Du matin jusqu'au soir, ces différentes étapes, telles une succession de cérémoniaux se perpétuent de jour en jour dans une totale immuabilité. Cela est nécessaire pour avoir le courage de plonger dans le coeur de la terre. Aucun mineur n'entre dans la salle des pendus sans une petite boule juste au-dessous de la gorge. En se déshabillant pour revêtir son bleu, il quitte progressivement le monde des humains au rythme des habits qui se suspendent sur le cintre. Lorsqu'il aura terminé cette lente métamorphose, le mineur tirera la corde qui fera monter ses affaires vers le plafond. Lorsque tous les mineurs sont sortis, seuls demeurent ces espèces de pantins de tissus pendus au plafond. C'est de cette image qu'est né le nom de « salle des pendus ».

Du temps de mon grand-père, à l'époque des six cents jours qu'il devait effectuer aux mines de Portes Sénéchas, les mineurs arrivaient par petits groupes qui grossissaient jusqu'à la lampisterie. Ils y déposaient quelques affaires et se munissaient de lampes à pétrole. Tu sais, ces belles lampes en cuivre.

En pointant son doigt vers l'avant, comme si elle parlait à un interlocuteur, elle enchaîne :

– À ceux qui contemplent les leurs sur le bord de la cheminée, n'oubliez jamais que cet objet que vous prenez pour de la décoration a certainement vécu et vu des drames épouvantables. Plongez vos yeux dans ce cuivre profond regardez bien au loin. Recueillez-vous sur les centaines de mineurs qui sont morts cet objet à la main.

Elle reprend son monologue.

– Le premier mineur qui partait de la Canebière, du Paulin ou de la Tavernole était rejoint ou attendu par ses camarades. Chacune de ces rencontres ponctuait la lente avancée vers le puits. Ces va-et-vient des villages à la mine et de la mine aux villages étaient commandés par les hurlements des sirènes qui annonçaient l'heure de la relève. Toutes les huit heures, les mineurs se relayaient pour une exploitation sans interruption.

Cette formation progressive de groupes tout au long de la descente des villages et maisons alentour avait la précision d'un métronome. Tous savaient où et comment ils allaient se retrouver. Certains étaient toujours assis sur la même pierre lorsque le groupe arrivait. D'autres attendaient chez eux et, au bruit des godillots sur la terre, au coup de sifflet amical, ils savaient que les copains arrivaient sans avoir à vérifier par la fenêtre.

Arrivés à la Vernarède, ils se retrouvaient au café pour, autour d'un verre d'absinthe, de vin ou de pastis, prendre le temps de se parler de tout et de rien. Mais le sujet qui revenait le plus souvent était la mine. Toute leur vie, tout le village vivait pour elle et par elle.

Au nord de Portes, dans la vallée, deux sociétés exploitaient le charbon. Cette richesse du sous-sol qui a fait la prospérité de la Vernarède a orienté toute l'industrie, toute la vie sociale autour de la mine. La fin de l'exploitation par les houillères, tel un virus pervers, a, petit à petit, détruit toute vie.

Ceci était inexorable. Que la cessation fut prononcée pour raisons économiques ou par épuisement du filon, l'exode aurait immédiatement succédé à la fermeture des puits.

Julien l'écoute. Il l'envie de pouvoir se rattacher à un passé, à des racines aussi profondes que les puits où descendait son grand-père.

Elle s'est arrêtée de parler, pose sa tête sur son épaule et lance un long soupir.

– Il faut rentrer, il va bientôt faire jour, dit-elle sans conviction.

Elle serait bien restée là avec Julien, mais il serait trop risqué d'être surpris en rentrant chez elle.

Julien quitte la maison à regret, dans la descente du château de Portes, il roule doucement, pensant à Valentine qu'il a laissée là bas. Combien de temps restera-t-elle ?

– Ben t'étais passé où ? Ça fait une semaine que je te cherche, demande Momo.

– J'étais au paradis, répond Julien

– Tu as revu ton fantôme, c'est ça. Tu me la présenteras parce que tant que je ne l'ai pas vue, je ne peux pas y croire vraiment.

– Tu en es où avec la petite du foyer ?

– Je crois que je vais pouvoir lui trouver un job chez un copain au Sans soucis, ils cherchent une serveuse, ce sera pour début janvier.

– T'as pas cent euros à me filer, je suis à sec ?

– Tiens prends ça. Tu m'inquiètes Julien. Ça va ?

– J'aime un ange, une fée. Et je sais que je vais la perdre.

– Tu vas trouver une solution. Tu as toujours trouvé un truc quand j'étais dans la merde. Je ne sais pas moi, enlève là et fuyez dans une île déserte.

– La mort n'a pas de frontière.

– Tu me fous les boules Julien, dis-moi ce que je dois faire pour t'aider.

– Sois heureux, arrête les conneries et regarde les choses qui sont belles autour de toi. Vis pleinement chaque minute de ton existence pour ne rien regretter.

– Tu parles comme quelqu'un qui va mourir, arrête, tu me fais peur.

– Il y a une chose qui est sûre, c'est qu'on va tous mourir. Moi c'est sa mort qui est la mienne. Et Dieu qu'il est doux de mourir pour elle.

– Bon je me tire, tu me fais flipper. Si tu meurs appelle-moi, je ne voudrais pas te laisser partir comme ça.

Chapitre 5

L'été est maintenant presque terminé, Julien, pour ne pas attirer l'attention des voisins est monté à La Vernarède un jour avec Momo. Il lui avait demandé de s'habiller avec un costume et une cravate pour simuler la mise en location de la petite maison.

– Je viens pour louer la maison des Meynadier, dit Julien au papi assis sur son banc, C'est une cousine éloignée qui a hérité de Valentine, j'ai réussi à la convaincre de ne pas vendre.

– T'as bien raison petit, de toute façon, il y a au moins vingt maisons à vendre d'ici à la placette.

– Je t'ai souvent vu rôder autour de la maison pendant l'été. Tu sais, nous les vieux, on ne dort pas beaucoup. T'as une bonne tête. Je suis content que tu habites près de chez moi.

Les deux amis entrent dans la maison.

– Tu vas faire comment avec la fac ?

– Je crois que j'ai assez étudié.

– Et pour le fric comment tu vas faire ? '

– Je vais me débrouiller.

– Pas question, je vais te trouver du pognon. T'as qu'à passer à Nîmes une fois ou deux par mois. Si tu ne peux pas venir, c'est moi qui viendrai ici.

– Elle est là ta dulcinée ? enchaîne Momo d'un ton moqueur.

– Non pas encore, je ne sais jamais quand elle revient. C'est pour ça, je dois rester ici. Je veux être là pour l'accueillir, qu'elle sente ma présence, ici. J'aime voir son sourire quand elle me découvre assis dans ce fauteuil. Elle est si seule là haut. Et puis tu sais, elle ne peut pas être vue.

– Ça c'est sûr, si ton papi la voit passer devant son banc il va faire une attaque. Bon ! Moi j'y vais, t'as besoin de rien ?

– Merci mon frère.

Julien s'avance vers son ami et l'enlace en lui tapotant sur le dos.

– Tu m'appelles si ça va pas, hein !

– Ne t'inquiète pas, j'ai jamais été aussi bien.

Momo ferme la porte derrière lui, triste de laisser son compagnon, comme s'il savait que c'est peut-être la dernière fois qu'il le voyait. Tout au long de la route, il pense aux bons et mauvais moments qu'ils ont vécus tous les deux. Dès demain, il ira au foyer pour voir Élodie.

Un doux parfum de violette est entré dans la pièce, Julien sourit sans se retourner. Il sait que

Valentine est revenue. Peu importe pour combien de temps cette fois-ci. Il saisit chaque seconde de sa présence avec lui sans se soucier de l'après.

Il se lève, s'avance vers la cheminée. Il avait préparé le feu, quelques pommes de pins recouvertes de brindilles et deux grosses bûches de chêne. Il gratte une allumette et très rapidement les pommes de pin s'embrasent. Il ne s'est toujours pas retourné. Les mains posées sur la pierre encore froide, il regarde le bois qui fume doucement. Rapidement les flammes s'élèvent et une douce chaleur irradie ses jambes. Valentine s'est approchée de lui, il entend un petit glissement d'étoffe.

– Si tu ne fais rien, je vais avoir froid, lui dit-elle au creux de l'oreille.

Il se met derrière elle, l'offrant ainsi à la chaleur de la cheminée. Ses mains posées sur le haut de ses cuisses remontent sur son ventre. Ses doigts jouent avec son nombril puis doucement descendent pour caresser le duvet soyeux de son sexe. Il sent maintenant la douce moiteur de Valentine. Elle penche sa tête en arrière, ainsi offerte à la chaleur du foyer et à celle qui envahit son corps tout entier.

– Et toi ! dit-elle après un grand frisson.

– Ton plaisir est le mien. Chaque seconde que tu me donnes est pour moi une jouissance absolue.

Elle l'embrasse tendrement.

Allongés sur le lit, Julien aimerait ne pas s'endormir pour profiter au maximum des instants qu'il passe avec Valentine. Paradoxalement aussi, il aime se réveiller et sentir sa chaleur contre lui. Ils font l'amour pendant de longues heures. Valentine jouant avec son plaisir, retardant sans cesse le moment où il va exploser. Ils jouissent en même temps et leurs corps s'effondrent sur le drap complètement chiffonné. Valentine attrape le revers de la couverture et les enveloppe tous les deux en s'endormant.

Julien ouvre les yeux, la chambre est illuminée par la lumière de cette belle journée d'automne. Valentine est assise devant le lit, elle le regarde se réveiller.

– Debout fainéant, on a des choses importantes à faire aujourd'hui.

Julien s'étire doucement, enveloppe le drap contre son visage, il sent bon Valentine. Son parfum l'enivre.

– Tu reviens te coucher ? demande-t-il avec langueur.

– Non lève toi on va voir le papi à côté.

Julien bondit du lit.

– Voir le papi, mais il te connaît, il était à ton enterrement. Comment crois-tu qu'il va réagir ?

– S'il fait pas une attaque en me voyant, je lui dirais que je suis la cousine de Valentine. On pourra ainsi vivre ensemble sans se cacher, sans crainte en attendant que Dieu me rappelle.

Elle arrivait désormais à en parler sans effroi. Elle avait rencontré Dieu dans sa demi-mort. Elle n'éprouvait plus cette crainte de terminer son passage.

– Tu sais, Dieu, ce n'est pas un grand barbu comme on le représente. Personne ne peut le voir, même les meilleurs des défunts. C'est un esprit avec qui tu communiques. Les vivants prient pour se rapprocher de lui, mais c'est un monologue, il n'y a jamais de réponses aux questions posées. Là bas, dit-elle en parlant de la mort, Dieu te répond, il t'aide à trouver ton chemin.

– Et ton chemin, tu le feras toute seule ?

– Non, je le ferai avec toi.

– Combien de temps durera notre voyage ?

– Dieu seul le sait. Quand il estimera que ma présence sur terre est inutile, il me rappellera à lui.

– Et Dieu, il pense à moi un peu. Comment croit-il que je vais survivre à ton départ ?

– La vie, la mort, tu sais bien maintenant que tout est lié.

Elle lui jette un pantalon, un tee-shirt et un pull.

– Allez, bouge-toi, viens on va voir le papi.

Afin d'éviter un coup au cœur au brave homme Julien a modifié légèrement le plan de Valentine. C'est lui, tout seul qui rendra visite au papi et qui lui annoncera la venue prochaine de Julie (c'est le nom qu'ils lui ont donnée). Il prend dans sa poche une photo de Valentine prise il y a quelques années et se dirige vers la maison voisine.

– Alors p'tit gars, tu viens me rendre une petite visite. Tu es bien brave.

– Je voulais vous annoncer la visite de Julie, la cousine de Valentine.

– C'est ton amoureuse.

– Oui, elle a envie de voir la maison de sa cousine. Peut être y restera-elle un moment.

– Si elle arrive ce soir, vous viendrez boire un petit coup. Ca fait longtemps que je n'ai pas invité quelqu'un chez moi. Tu sais petit, tous les ans j'enterre un copain, il m'en reste plus beaucoup, et les jeunes, ils me disent juste bonjour quand ils me voient sur mon banc. C'est pour ça que j'y reste si longtemps, sinon, je ne verrai plus personne.

Valentine et Julien ont passé l'après midi du côté de Bousige, juste à droite du château de Portes. D'ici, ils dominent la vallée. Au loin, le Mont Lozère regarde vers le sud. C'est la saison qu'elle préfère. Tous les jours les couleurs changent. Les châtaigniers ont jauni d'un coup, les ormes sont devenus tout rouges. On dirait que la vallée est en flamme. On aperçoit le château de la Vernarède et la petite église juste au-dessus. À côté le cimetière semble minuscule.

– Maison, E.T. retourne maison, dit-elle en levant le doigt et en riant.

– Ça me fait pas rire du tout, répond sèchement Julien

– Pardonne-moi, je suis si bien avec toi que j'en oubli mon triste destin.

Ils rebroussent chemin car il commence à faire frais. Le contraste de température est saisissant dès que le soleil passe derrière les montagnes. Ils longent la vallée par l'est, se retrouvent complètement en bas. Des traces de rails sont encore présentes. Ce sont ces rails qui transportaient à l'aller les mineurs qui se rendaient aux différents puits, au retour le charbon qui partait à Chamborigaud ou à la Jasse.

Ils arrivent enfin à la placette, il fait quasiment nuit. Heureusement car il y a encore du monde au bistrot. Les gens reconnaissent le jeune homme de chez les Meynadier. Ils trouvent bien jolie la silhouette de la jeune femme qui l'accompagne mais la pénombre cache suffisamment son visage pour qu'ils la reconnaissent. Demain, le papi aura tout raconté : la cousine, sa ressemblance incroyable avec Valentine.

– Boudïou, que tu ressembles à ta cousine, si je t'avais croisée sur le chemin, je t'aurais pris pour une revenante, s'exclame le papi.

– C'est vrai, j'ai trouvé des photos de Valentine dans la maison j'ai moi-même été troublée. Elle était quand même bien plus belle que moi, dit-elle avec un petit air coquin en direction de Julien.

Elle enchaîne.

– Quand nous étions enfants, on nous prenait pour des sœurs jumelles.

– Je ne la voyais pas souvent la petite. Son travail en ville lui prenait tout son temps. Après la mort du papé, elle est restée presque deux ans sans venir, comme si ce pays lui été devenu hostile.

– Non il a fallu qu'elle fasse le deuil de tous les moments qu'elle avait partagés avec lui pour trouver la force de le redécouvrir toute seule, répond Valentine.

– Alors comme ça vous vous appelez Julie.

Julien n'est pas tranquille, le papi a l'air de connaître toute la famille.

– J'ai pas bien connu les frères de ton père. Je peux te tutoyer, n'est-ce pas. Non, ils ne venaient jamais ici. Ils préféraient la ville. Je ne t'ai d'ailleurs jamais vue aussi.

– Non, c'est Valentine qui venait avec mes parents et moi quand on allait en vacances à la mer.

– Tiens petite, goûte ça !

Julien tend lui aussi son verre.

– Attends petit, honneur aux dames, goûte, vas y !

Valentine porte le petit verre de cristal à ses lèvres délicieusement ornées d'un petit trait rouge.

– Alors ? interroge le papi, comme s'il attendait un important verdict.

– C'est de la mûre. C'est doux, sucré. Ouah, ça brûle un peu la gorge ! s'exclame-t-elle.

Le papi est fier de sa liqueur

– C'est la dernière bouteille que j'ai faite juste avant la mort de ma pauvre femme. Je crois que c'est les dernières mûres qu'elle a cueillies.

Julien qui s'est fait reconduire il y a un instant n'ose plus tendre son verre.

– Et toi couillon, donne ton verre.

Julien s'exécute. Ils trinquent et sirotent doucement la liqueur rouge.

Le vieil homme tire un paquet de cigarette de sa poche.

– Je peux vous en prendre une ? demande Valentine.

– Tu sais c'est pas bon pour la santé ces machins.

Valentine regarde Julien en haussant les sourcils. Il sourit.

– Je ne crains rien, je suis immortelle il paraît. Dit-elle en posant sa main sur la jambe de Julien.

Elle aspire une bouffée. La fumée sort maintenant de sa bouche. Son visage semble voler derrière les volutes. Julien la regarde comme hypnotisé. Le grand-père aime ces deux tourtereaux. Enfin un rayon de soleil a pénétré dans sa maison. Il y a si longtemps que l'amour avait quitté sa demeure.

– Allez les amoureux, rentrez vite chez vous. Il va faire froid cette nuit et vous n'avez pas encore allumé votre cheminée. Je garde la bouteille, elle ne sera que pour vous. Il reste assis et les chasse délicatement de la main. Valentine et Julien se lèvent. Il lui serre la main, Elle s'approche de lui et l'embrasse.

– Tu sens bon petite. Revenez me voir quand vous voulez.

Dans les rues de Nîmes, Momo a rendez-vous avec Élodie. Ils se sont souvent rencontrés depuis le départ de Julien. Il a réussi à avoir l'accord de l'éducateur pour la faire sortir du foyer en dehors des heures de cours. De toutes façons, elle a quasiment abandonné ses études. Momo a expliqué qu'il pensait lui trouver un emploi dans une brasserie, un bar ou un restaurant de Nîmes. L'éducateur pense que c'est une bonne idée. Élodie aura dix huit ans dans quelques semaines, il faudra bien qu'elle parte du foyer. Avec un travail, elle pourrait s'insérer dans la société.

Il arrive aux Trois Maures. Il s'assoit seul à une table dans un coin. Élodie n'est pas encore là. Il commande une bière et commence à la boire. Son téléphone portable se met à vibrer.

– Momo, c'est Élodie, y a grève des trains, je peux pas venir aujourd'hui. Je suis dégoûtée, j'attendais que ça depuis une semaine.

Momo vient de finir sa soirée dans la pizzeria. Il est en train de tout ranger. La petite clochette de la porte se met à sonner.

– Salut Mec !

– Salut Jo, tu arrives trop tard, j'ai éteint les fours.

– Mince j'avais une faim de loup. T'as mangé quelque chose toi ?

– Non, j'ai vu défiler une centaine de pizzas ce soir. J'ai pas eu le temps d'en avaler une.

– Tu n'en as pas marre des pizzas, ça te dit une bonne entrecôte et de belles frites bien dorées ?

– Je sais même plus le goût que ça a.

– Allez viens je t'invite ce soir.

Les deux hommes se rendent dans un restaurant spécialisé en grillades de bœuf. Jo est aux petits soins pour Momo.

– T'es bizarre, tu as quelque chose à me demander ?

– Non, je te vois avec ta nouvelle vie, je me demande comment tu fais.

– Oui, c'est fini les mauvais coups. J'ai envie de vivre comme tout le monde.

– Toi tu as rencontré une fille, tu es amoureux.

– On ne peut pas vivre tout le temps en marge de la société, Julien nous l'a toujours dit.

Jo saute sur l'occasion pour demander de ses nouvelles.

– T'en fais pas, demain je suis libre, je passerai te voir et je t'enlèverai, dit-il en plaisantant.

Il est déçu. Il éprouve quelque chose de bizarre chaque fois qu'il revoit Élodie.

Au moment où il coupe son téléphone, Rafy entre dans le bar et l'aperçoit.

– Salut Momo, on te voit plus. Et Julien, lui il a complètement disparu.

– J'ai trouvé un boulot, et Julien il est parti.

Il n'était pas question qu'il dévoile ses rencontres régulières avec Julien. Comme il le lui avait promis, ils se revoyaient deux ou trois fois par mois. Ils se donnaient rendez-vous à Ales au bar du Gambrinus. Momo lui racontait sa vie, son boulot, son attirance pour Élodie. Il n'osait pas lui poser des questions sur Valentine. Après avoir bu un verre, il lui remettait une enveloppe et repartait à Nîmes.

Momo voulait changer sa vie de petit voyou. Il avait profité d'une opportunité pour trouver une place chez un pizzaïolo. Rapidement, il avait appris à préparer les pizzas. Il avait commencé à cinquante euros par soirée. Le patron qui a envie d'arrêter pour s'installer sur la côte lui a demandé s'il était intéressé pour reprendre la boutique. Le calcul est vite fait, les soirs de bourre, à deux, ils font plus de soixante pizzas chacun. A dix euros de moyenne l'unité, ça fait un bon pactole.

– Il a bien fait de partir. Si je le revois, je le butte, lui répond Rafy.

– C'est ça, le loupe pas parce que lui il te loupera pas.

– Je t'ai vu avec une petite. Mignonne la salope !

Momo se lève d'un bloc. Il attrape Rafy par le col, le soulève et lui lance :

– Dégage ou je t'éclate la tête.

– Ok men, calmos.

Une fois dégagé, Rafy sort de la grande salle des Trois Maures en murmurant comme à chaque fois.

– Toi aussi je t'aurai un jour. et il disparaît.

Nous sommes jeudi, C'est aujourd'hui que Momo a rendez-vous au Gambrinus avec Julien. Il s'engage sur la route d'Alès et rejoint son ami qui l'attend près de la fontaine devant le bar.

– Ça me fait chaud au cœur chaque fois que je te vois. Comment ça se passe pour toi là haut, demande-t-il en espérant que Julien lui parle de son ange.

– Valentine est plus belle de jours en jours. Chaque matin quand je me réveille, j'ai l'impression d'être dans un rêve. Tout à l'heure quand je l'ai quittée, elle était devant la porte de la maison. Je ne veux pas que ça finisse un jour.

– Elle redescend plus souvent maintenant ? C'est le seul verbe qui lui vînt à l'esprit pour exprimer son transfert du cimetière à la maison.

– Oui, plus souvent qu'avant.

Julien lui explique le subterf monté en la faisant passer pour la Il lui raconte l'amitié du papi, c toujours assis sur le banc.

– Je suis heureux pour toi.

Il lui tend l'enveloppe habituelle. prend.

– Je ne sais comment je pourrais t ça.

– Laisse tomber Julien, j'ai pas fini d ma dette envers toi. Tu m'as fait sortir jungle, tu m'as tellement donné que tu rester des siècles là haut.

Dans un angle de la rue d'Avéjan, un hon observe les deux amis en train de discuter. Il demande ce que contient l'enveloppe qui changé de main. Il a suivi Momo depuis so départ de Nîmes.

– Rafy, c'est Jo.

– Alors raconte !

– J'ai suivi Momo jusqu'à Alès comme tu me l'as demandé. Il a retrouvé Julien. Ils ont parlé pendant plusieurs minutes et il lui a donné une enveloppe. Il devait y avoir du fric dedans.

– Putain, je savais qu'ils étaient sur un coup. On va essayer de les doubler. Essaye d'en savoir plus, Momo ne se méfiera pas de toi. Moi, il vaut mieux qu'il ne me voit pas. Tiens-moi au courant.

– J'aimerai bien le revoir. Je crois que je ne l'ai plus vu depuis trois ou quatre mois. Il habite toujours à Nîmes ?

– Oui et non, mais je peux pas t'en dire plus.

Jo ne souhaite pas insister pour le moment, il enchaîne.

– Et toi, à part les pizzas, tu fais quoi ?

– J'ai rencontré une petite, je crois que c'est la bonne cette fois.

– Faudra que tu me la présentes, Te connaissant, elle doit être bien mignonne.

– Plus que mignonne !

Tout en parlant d'Élodie, Momo pense à elle. Il a hâte d'être à demain. L'éducateur l'a autorisée à sortir avec lui à condition qu'il la ramène avant minuit, comme dans les contes de fées.

– Je vais me coucher Jo, je suis nase, Bye !

Il rentre directement chez lui et s'endort en pensant à la douce journée qui l'attend demain.

Momo gare sa voiture devant le foyer pour adolescent. Élodie qui l'a entendu venir est déjà sur le pas de la porte. Ses cheveux blonds sont complètement hérissés sur sa tête. Paradoxalement ça n'a rien de comique. N'importe qui serait coiffé comme ça provoquerait une hilarité générale, mais cette coiffure sur Élodie affirmait encore plus sa personnalité pétillante et son tempérament frénétique.

– T'as vu j'ai essayé une nouvelle coiffure, dit-elle en sautant dans la voiture.

– Je ne vois que ça.

– Tu aimes pas. Dommage c'est trop cool, j'ai l'impression d'être géante.

Il est vrai qu'avec ses un mètre soixante dix huit plus ses vingt centimètres sur la tête elle est presque aussi grande que Momo.

– Tu m'amènes où dans ton carrosse ?

– À l'aventure ma belle.

Elle essaya d'appuyer sa tète contre Momo, mais les cheveux raides comme des piquets faisaient obstacle à leur rapprochement.

– Finalement c'est pas si cool que ça cette coiffure, lança-t-il moqueur.

– Eh bien si, tu vois, c'est pour empêcher la conduite amoureuse.

– Pourquoi t'es amoureuse, osa questionner momo.

– Pas encore, mais ça peut venir.

– Moi, je n'aurais pas assez de ma vie pour remercier celui qui m'a fait te rencontrer.

Elle est troublée par les propos de Momo. Jamais un homme ne lui avait dit des choses aussi tendres et gentilles.

– Et nos deux vies ça suffira peut-être ? J'aimerais le revoir Julien, tu m'amèneras chez lui ?

– Il veut être seul pour le moment, peut-être changera-t-il un jour prochain.

– Voilà, nous y sommes, dit-il en se faufilant entre deux voitures pour se garer. Dans trois mois, c'est moi le patron.

Arrêté devant la pizzeria, Momo enchaîne.

– Et il faudrait une patronne. Tu en connais une ?

– Si tu prends une patronne, je te parle plus.

– Et si c'est toi ?

Elle lui sauta au cou, il évita de justesse un épi de cheveux et ils tournèrent sur place. Ses pieds ne touchaient plus le sol, ses mains s'agrippaient aux larges épaules de Momo.

Quand ils s'arrêtèrent de tournoyer, elle le regarda fixement.

– Mais je sais pas faire les pizzas. Cette évidence lui devenait cruelle.

– Ne t'inquiète pas, viens on va fêter ça.

Après avoir marché quelques minutes, de la place de la calade jusqu'à la place du marché, ils traversent ensuite la place des arènes pour rejoindre la porte de France par la rue Jean Reboul. En passant devant le bar Les Trois Maures, qui fait face aux arènes, Momo a aperçu Jo et les autres. Il n'y avait pas Rafy. Il espère qu'ils ne l'ont pas vu. Il n'a pas envie de partager ce moment d'intimité avec eux.

Ils trouvent un petit restaurant discret et s'installent à une table devant la fenêtre qui donne sur la rue porte de France.

– C'est la première fois que j'invite une jolie fille au restaurant, dit Momo en regardant Élodie droit dans les yeux.

– Pourquoi, t'as toujours eu que des moches.

Comme il sent bien qu'elle le taquine, il enchaîne :

– Oh non, les filles, j'avais pas le temps de les inviter qu'elles voulaient être dans mon lit.

Élodie est jalouse. Elle feint de rester insensible, mais ne peux s'empêcher de lancer :

– Tes nanas, c'est toutes des salopes alors. Moi, je sais qu'un prince viendra me délivrer, comme dans les contes de fée.

– Ton prince, il peut venir en moto ?

– Peut être, mais il faudra qu'il m'aime plus que tout.

Devant la fenêtre, apparaît la tête de Jo. Il les avait vu passer tout à l'heure devant le bar. Il les a suivi avant d'appeler Rafy.

– Les lâche pas, essaye de savoir qui c'est, lui avait-t-il répondu.

– Salut les amoureux, je vous dérange pas. Vous viendrez boire un café aux Trois Maures après.

– C'est pas sûr il faut que je la ramène chez elle à quatre heures, répond Momo pour décliner le rendez-vous.

– Alors peut-être à une prochaine fois.

Jo ressort du restaurant, Élodie demande :

– C'est qui ce mec ?

– Un voyou de la ZUP. On a fait des conneries ensemble, mais maintenant c'est fini pour moi.

– On ira boire un café avec lui. Tu sais on a le temps encore.

Il aurait préféré passer ce temps qui reste avec elle, mais il se dit que ce sera l'occasion de lui dévoiler un peu ce qu'il était avant que Julien lui demande de s'occuper d'elle. Aurait-il imaginé qu'il tomberait fou amoureux.

– Venez, assoyez-vous là, j'ai gardé deux chaises, dit Jo en les voyant rentrer dans le bar.

– C'est sympa d'être venu. Deux cafés ?

Il interpelle un garçon et commande trois cafés.

Il regarde Momo et lui demande :

– Elle s'appelle comment cette beauté.

– Élodie, répond la jeune fille avant même que son compagnon n'ait remué les lèvres.

– J'espère que tu ne seras pas en retard pour rentrer chez toi, sinon je m'en voudrais de vous avoir invité.

– Les éducateurs partent à quatre heures, mais le foyer reste ouvert, dit-elle.

– Le foyer ? interroge Jo.

Momo est exaspéré.

– Bon, tu vas la lâcher, t'es pas de la police.

– Excuse-moi, mec, je voulais juste faire connaissance.

Et il enchaîne :

– Le foyer, j'ai failli y aller. Je crois que je me serai flingué dans un truc comme ça.

– J'y ai pensé aussi, jusqu'à ce que je rencontre mon ancienne éducatrice.

– Et oui, quelquefois dans la vie on fait des rencontres providentielles. Moi ça ne m'est pas encore arrivé.

Il montre Momo du doigt.

– Et cette perle rare, elle t'autorise à sortir avec un gars comme lui ?

– Elle est morte et lui c'est un ami de Julien.

Jo sent qu'il a accroché une piste et devient plus pressant dans ses questions.

– Comme ça, tu connais Julien. Tu as des relations dans toute la ZUP nord ma parole.

– Il connaissait mon éducatrice.

Momo n'y tient plus.

– Tu voulais boire un café, ou tu voulais draguer ma copine ? dit-il d'un ton agressif. Cette situation n'était pas sans déplaire à Élodie, mais elle se garda bien de mettre de l'huile sur le feu de sa jalousie.

– J'étais ravi de vous connaître. Elle prend son compagnon par la main et lui dit :

– Allez viens, on y va, après il fera trop froid sur la moto.

En sortant du bar, elle s'arrête et en le narguant lui demande :

– Tu étais jaloux tout à l'heure. J'ai trouvé ça super attachant.

– Attachant, tu parles. Ce mec faut s'en méfier comme de la peste.

– Et si je te dis que il n'y a plus que toi qui compte. Elle se hisse sur la pointe des pieds et dépose un doux baiser sur ses lèvres encore crispées de sa colère.

– C'est tout l'effet que ça te fait.

Il la prend dans ses bras et lui rend son tendre baiser avant de l'embrasser à pleine bouche.

Elle se blottit contre lui, il entoure ses grands bras autour de son dos et lui demande.

– Tu accepterais de devenir la patronne de la pizzeria ?

– À une condition.

– Laquelle ?

– Que tu me parles d'amour tous les jours.

Chapitre 6

Momo et Julien se retrouvent comme souvent le jeudi. Ils parlent quelques minutes et se séparent comme à chaque fois en s'embrassant.

Julien démarre sa moto. À quelques mètres de là, Jo tourne le démarreur de sa Yamaha.

Il le suit à bonne distance pour ne pas se faire remarquer. Au fil des kilomètres, il se demande où Julien le mène. Lorsqu'il voit Julien s'arrêter devant les premières maisons de La Vernarède, il continue sa route, descend jusqu'à la placette. En passant, il a repéré rapidement le secteur. Il a aperçu un vieux assis sur un banc qui faisait un geste de la main à Julien. Il ne pourra pas y retourner tout de suite, le lieu est trop désert, il se ferait remarquer très vite.

Il a garé sa moto derrière un buisson sur la route de la Jasse, il s'allonge sur l'herbe et s'assoupit. De toutes façons, il ne pourra remonter vers la maison où s'est arrêté Julien qu'à la nuit tombée.

Il est dans un demi-sommeil lorsqu'il entend le bruit d'un moteur de moto. Il les reconnaîtrait à cinq cent mètres, il en a tellement volé. C'est une neuf cent kawa, comme celle de Julien. Il se tapit un peu plus derrière le buisson et aperçoit Julien et une jeune femme brune qui passent devant lui. Il se dit que c'est le moment de faire une petite visite au vieux qu'il a vu en arrivant.

Il est toujours assis sur le banc. Jo s'approche de lui avec sa moto, sans enlever son casque, il demande :

– Bonjour, je cherche une maison à louer pour les vacances. Elle a l'air libre celle là, dit-il en pointant du doigt la maison où Julien s'était arrêté.

– Ah ! Non ! Mon gars. Là c'est mes deux tourtereaux qui y habitent. Et je crois qu'ils ne sont pas prêts d'en partir.

– Pourtant elle m'aurait plue. Vous avez leurs noms. Peut être que ça les intéresserait de louer quand ils partent en vacances.

– Ils n'ont pas besoin de vacances. M'enfin, si ça peut vous faire plaisir, ils s'appellent Julien et Julie. Lui je ne connais pas son nom. Elle, c'est une Meynadier.

– Merci, alors peut être à bientôt.

– Adieu.

La moto de Jo, dans un vrombissement terrible démarre et s'élance dans la côte qui mène au Paulin. Il rentre à Nîmes faire son rapport à Rafy.

– Qu'est ce qu'il fout là haut avec cette Julie Meynadier. C'est louche, il y a quelque chose qui ne va pas. Rafy réfléchit à haute voix après le récit de son espion. Il faudrait que je puisse avoir des infos sur cette nana.

Il réfléchit quelques instants et s'écrie :

– J'ai une idée. Tu vas contacter Abdel. Maintenant qu'il est flic, il pourra peut-être nous rendre service.

– Tu vas pas rancarder les keufs.

– Non c'est le contraire, c'est eux qui vont travailler pour moi. T'y crois pas c'est le monde à l'envers. Rafy est fier de sa trouvaille. Il prend le téléphone et appelle.

– Allo Abdel, c'est Raf. J'ai besoin de te voir. Il reste quelques secondes sans parler et enchaîne : Ok, dans deux heures au Pélican route de Beaucaire.

Voilà, la machine est en route. Je vais enfin savoir ce que fait Julien là bas.

Deux heures plus tard, il fonce à son rendez-vous. À l'angle de la rue Notre Dame il aperçoit Abdel. Il se gare rapidement, enlève son casque et s'approche de lui. Abdel lui demande.

– Alors, tu as quoi à me raconter cette fois. Rafy est son indic. Il n'est pas dupe, il obtient des renseignements sur des concurrents, plus dangereux que lui. Si un jour il prend de l'importance dans le réseau, il s'occupera de son cas.

Rafy lui explique que Julien doit être en train de préparer un coup dans un village des Cévennes. Il lui explique ses rendez-vous réguliers avec Momo et les échanges d'enveloppes.

– Il vit là haut avec une Julie Meynadier, c'est elle la propriétaire de la maison. Il n'est plus revenu à Nîmes depuis presque six mois.

C'est vrai que connaissant bien Julien, Abdel est surpris de son comportement. Il a vu circuler des notes sur des caches dans des endroits reculés. Des cambrioleurs qui entassent diverses marchandises, bijoux, meubles anciens dans de vielles baraques avant de les expédier en Italie ou en Hollande. Il y a eu aussi ces histoires de plantations de cannabis dans la région. Il va faire son enquête discrètement. La Vernarède est loin de son secteur.

Rafy est content de cette opération. Il tient peut être sa vengeance. Il est impatient de voir l'évolution de cette affaire. Il sait malheureusement qu'il n'aura aucune information de la part de Abdel. Il va lui aussi faire son enquête de son côté.

Dans un premier temps, il s'intéressera à cette femme qui vit avec Julien. Qui est-elle ? D'où elle vient ? Jo lui a parlé aussi de ce vieux qui semble très intime avec eux. Il ira lui rendre une petite visite. Dès que l'occasion se présentera il commencera ses investigations.

Tout en circulant dans les rues de Nîmes, il essaye d'échafauder un plan qui puisse tenir la route. Coincer Julien, sa seule et unique obsession.

Il décide de réunir dès cet après midi les plus virulents et pervers des jeunes que tenait un peu Julien. Depuis sa disparition, Rafy avait pris la place du leader du groupe. Julien était un meneur compréhensif, plus éducateur que loubard, plus attaché, malgré les larcins qu'il commanditait à droite et à gauche, à inculquer malgré tout à chacun d'entre eux quelques notions d'humanisme. Dérober, cambrioler, oui, mais toujours sans violence et pour survivre, uniquement pour survivre. Rafy quant à lui, avait instauré une terreur sauvage, aidé en cela par quelques hommes de main sans scrupule.

– Julien est en train de nous doubler sur un coup certainement très juteux. C'est ainsi qu'il introduit la discussion avec les jeunes de sa bande. Jo, tu resteras en contact avec Abdel. C'est ton cousin, peut être qu'il te lâchera des informations sur son enquête. Manuel, tu fileras Momo pour connaître son emploi du temps et repérer les jours où il rencontre Julien au Gambrinus à Alès. Dès que tu sais quand il y va, tu me préviens et je monte à la Vernarède pour m'occuper du vieux qui habite en face de chez lui. Je suis sûr qu'il a vu quelque chose.

Personne n'a bronché, chacun a hoché de la tête pour marquer leur approbation aux ordres du chef de gang.

La pièce se vide et chacun part remplir sa mission. Jo sort le dernier.

– Je vais chez mon cousin de suite. Je vais lui proposer de l'aider. Il n'est pas dans son secteur, ce n'est pas une enquête officielle pour lui. Je vois mal comment il peut me refuser ça.

– Informe-moi de l'évolution de vos recherches.

Ils sortent tous les deux. Maintenant il faut attendre tel un prédateur tapi dans un sous bois que la proie se présente à eux.

Jo et Abdel se sont retrouvés quelques heures après l'élaboration du plan de combat par Rafy. Il a réussi à convaincre Abdel de l'aider. Jo avait bien vu, pour poursuivre ses investigations, il aurait peut-être fallu qu'il dévoile son identité et aurait très certainement été stoppé par sa hiérarchie. Il est assez mal vu de travailler en solo et encore plus sur un secteur qui n'est pas de sa responsabilité. Il se contentera de prendre des rendez-vous pour Jo qui sera son exécutant.

– J'ai eu la mairie de La Vernarède, La famille Meynadier est bien propriétaire de la maison. Les grands-parents sont morts tous les deux, il y a une dizaine d'années. Il y avait deux garçons. Ils sont morts tous les deux. L'aîné a eu une fille Valentine. Elle avait vingt cinq ans l'année dernière quand elle s'est tuée dans un accident de voiture. C'est elle qui avait conservé la maison.

– Elle était comment cette Valentine ? demande Jo.

– Je ne sais pas, j'ai dit à la secrétaire de mairie que tu passeras chercher des photos. Elle m'a dit qu'elle était souvent présente lors des kermesses ou autres fêtes locales.

– Il va falloir que je remonte dans ce bled perdu. Ça ne me fait pas rigoler.

– T'es pas obligé.

– Si, si, j'irai, répondit Jo en pensant à Rafy qui appréciera certainement sa dévotion. Monter dans la hiérarchie du gang ne lui déplairait pas.

– Vas-y demain. La mairie est ouverte de quatorze heures à dix sept heures.

– Et toi tu vas faire quoi ?

– Je vais prendre des infos sur le frère cadet. Il a une fille, Julie qui aux dernières nouvelles est domiciliée à Marseille.

– On se revoit dans deux jours. On aura peut-être avancé dans notre enquête, dit Jo.

– Ok, mais pas un mot, j'aurai des ennuis si quelqu'un apprend que j'enquête la haut.

– Tu me connais.

– Justement, C'est pour ça que je te préviens. Ca ne me dérangerait pas de te coffrer. J'ai pas mal de choses à te mettre sur le dos.

Pendant ce temps, à La Vernarède, Valentine et Julien ne se doutent pas de ce qui se trame. L'hiver s'est installé, ils ont passé de longs moments dans la montagne à couper du bois pour les longues soirées d'hiver. Émile, le papi est devenu un vrai grand-père pour eux.

Julien a remis en état un vieux Massey-Fergusson rouge qui rouillait dans le garage et récupéré deux tronçonneuses qui dormaient là depuis quelques années.

Comme hier et les jours précédents, ils s'arrêtent chez le grand-père pour lui déposer le bois dont il aura besoin.

– Ah ! Mes petits, vous me réchauffez le cœur avant de me permettre de réchauffer mes vieilles articulations.

Il sort un billet de sa poche et le tend à Valentine.

– Tiens pitchoune. Je te le donne à toi, Julien il le repose à chaque fois sur le buffet du salon. Tu sais, moi je n'en ai pas besoin de tout cet argent. J'avais besoin d'amour et vous êtes arrivés.

Valentine prend le billet de cent euros et lui fait une bise de petite fille.

Avant que le froid devienne trop rigoureux, Émile les accompagnait pour ramasser des châtaignes, des cèpes et girolles. Il les avait amenés dans les coins qu'il était certainement le seul à connaître. Ils étaient même allés jusqu'à Bousiges où il se rappelait d'un pré sous les sapins où poussaient des tapis de lactaires sanguins. Ils en avaient ramenés une dizaine de kilos.

Valentine et Julien s'en étaient voulus d'avoir amené le grand père aussi loin dans les collines. La marche avait été longue et à la nuit tombée, il leurs restait encore quatre bons kilomètres avant d'arriver à la maison. En courant Julien était allé récupérer le Massey-Fergusson.

Pendant deux jours Émile n'avait pas pu sortir de son lit. Valentine et Julien étaient très inquiets quand au troisième jour, ils le retrouvèrent assis en train de siroter sa délicieuse liqueur de mûre.

– Va me chercher quelques châtaignes, on va les faire griller dans la cheminée, dit-il à Julien.

Il se dirigea vers une petite pièce derrière la cuisine. Une pièce bien fraîche d'où il ramena un panier de marrons.

– Prend la poêle trouée, amène là ici on va fendre les marrons pour éviter qu'ils éclatent.

Ils s'installent devant la cheminée, Émile prend une poignée de paille de pin et la pose en boule sur la braise. Il pose la poêle sur un trépied. La fumée épaisse traverse les trous et enveloppe les châtaignes. La fumée blanche noircit et comme une explosion, les pailles de pins s'enflamment.

– Lève les, elles vont brûler, crie le grand-père.

Valentine attrape la longue queue et retire les marrons du feu. Lorsque les flammes s'éteignent, elle repose la poêle sur son trépied.

Au bout de quelques minutes, Émile saisit un marron du bout des doigts, le fait virevolter d'une main à l'autre. Il écrase la peau qui laisse apparaître une chair jaune et dorée.

– Avant, quand on sortait les châtaignes du feu, on les enveloppait dans un linge et le plus vieux ou la plus vieille avait le privilège de poser ses pieds dessus.

Julien se lève, va à la cuisine et revient avec un torchon dans lequel il verse le contenu de la poêle.

– Tiens papi, je crois que c'est toi le plus vieux ici.

Le visage de Valentine se ferme tout à coup.

– Papi, …

– Oui ma belle.

– Non rien. Je suis bien ici, j'ai pas envie de partir.

Elle aimerait tout lui dire, lui confier leur secret. Elle sait qu'un jour viendra. Pas aujourd'hui, pas maintenant, c'est trop tôt.

– Je vous aime mes enfants. Vous reviendrez demain, n'est ce pas ?

– À demain papi, disent Julien et Valentine d'une seule voix.

Dans la soirée, Julien prend Valentine contre lui :

– Tu voulais tout lui dire ce soir ?

– Oui, je suis Valentine et je veux qu'il m'aime pour celle que je suis avant que je reparte.

– Quand tu partiras, je te suivrai.

Elle se serre encore plus fort contre lui. Elle n'a jamais aimé de toute sa vie et c'est la mort qui lui a fait découvrir ce que recherche tout être humain sur cette terre, l'amour.

CHAPITRE 7

Cela fait deux jours que Jo et Abdel se sont rencontrés. Comme convenu, il est quatorze heures et il entre dans la petite mairie. Il s'avance vers le comptoir.

– Bonjour, un ami vous a appelé en début de semaine. Nous recherchons des photos des fêtes votives des villages de la région. Il m'a dit que vous avez une belle collection.

– Certainement la plus belle, oui. Il n'y pas grand monde cet après midi, venez on va les sortir.

Elle se lève et se dirige vers un grand placard en pin d'où elle sort une pile d'albums.

Elle feuillette tout en commentant chacune des photos. Jo, très poliment écoute et répond de façon laconique à chacune de ses questions.

– Il y en a pas beaucoup qui sont encore en vie sur celle là. Dit-elle. C'était les retrouvailles des anciens mineurs. C'est la petite Valentine Meynadier qui avait organisé ça. Qu'elle était belle !

– Pourquoi vous dites était.

– Elle est morte l'année dernière. Elle s'est tuée en voiture en arrivant au village.

Jo laisse la vieille femme retourner encore une bonne dizaine de photos et intervient.

– Bon, va falloir que je rentre. Je peux faire quelques copies avec mon appareil numérique.

– Pas de problème, je vous laisse faire.

Jo, pour ne pas attirer l'attention, prend en photo un bon nombre de pages des albums sans oublier de s'attarder pour une dizaine de prises de vue sur la photo de Valentine et des vieux mineurs.

Content de sa trouvaille, il rentre à Nîmes, il rend compte de son travail à Rafy et lui explique qu'il a réussi à convaincre Abdel d'accepter son aide.

Rafy est impatient de refermer le piège autour de Julien. Chaque jour qui passe attise sa haine, il en est malade, ses traits se sont encore plus durcis. Son regard est plus cynique que jamais.

Il regarde longuement la photo de Valentine que Jo a pris soin d'isoler et d'agrandir.

– C'est elle l'éducatrice dont a parlé la copine de Momo. Comment Julien a-t-il pu la connaître. On ne l'a jamais vu à Nîmes.

– Il l'a peut être croisée à la fac à Montpellier.

– On aurait du l'appeler l'avocat. Le juge d'instruction ça lui serait allé à merveille avec ses manies de nous faire la leçon à chaque fois. C'est ça tu as raison, il a du la croiser à Montpellier. Il n'a pas voulu nous la présenter.

– Remarque, vu le canon, il n'a pas eu complètement tord.

L'impatience de Rafy reprend le dessus.

– Va chez ton cousin, essaye de savoir où il en est.

– Ok patron, j'espère que tu n'oublieras pas ce que je fais pour toi.

– Casse-toi. C'est le seul remerciement qu'il aura aujourd'hui.

Jo aimerait trouver une piste, une information qui lui permette de séduire Rafy. Son cousin ne l'a pas contacté depuis leur rencontre au bar Le Pélican. Il décide de passer chez lui, il habite toujours à la ZUP à quelques pas d'ici.

Arrivé devant la porte de son appartement, il semble hésiter un peu. Il craint malgré tout d'élever des soupçons quant aux réelles intentions dans cette recherche d'éléments sur la vie de Julien dans les Cévennes. Il est partagé entre l'envie de découvrir cette information juteuse que semble attendre son chef et la crainte de perdre la coopération de Abdel.

Après quelques secondes à rester planté devant la porte, il décide de sonner. Il entend des pas et la porte s'ouvre.

– Salut Jo, je suis au repos aujourd'hui, j'attends un mail de Marseille.

– Tu as des infos sur la dénommée Julie ?

– Elle a vingt et un ans, elle est employée dans une banque sur le vieux port à Marseille. J'ai contacté un pote à moi qui travaille sur ce secteur.

– Tu lui as dit quoi pour qu'il accepte de faire des recherches. Tu m'avais dit que tu craignais ta hiérarchie.

– C'est un copain de promotion. Il ne m'a pas posé de questions. J'ai bien senti que ça le démangeait. Si je trouve quelque chose d'anormal, je ne pourrais pas le lui cacher.

– Il doit te recontacter ?

– Je lui ai demandé de me faire parvenir une photo de cette Julie. Il doit faire la planque devant la société générale, faire quelques clichés et me les envoyer par mail.

Jo est sceptique, comment peut-elle être à Marseille. Il l'a vue sur la moto de Julien. Il n'en dit rien à son cousin. Il ne souhaite pas qu'il sache qu'il mène une enquête parallèle. Et puis, se dit-il, elle a pu prendre quelques jours de congés pour le rejoindre à La Vernarède. Il faut à peine deux heures en moto pour retourner à Marseille.

– Il va les prendre quand les photos ton pote ?

– Il a du y passer ce matin, je lui ai dit que j'étais au repos aujourd'hui et que j'attendais son mail.

Jo pense que la photo n'arrivera pas. La jeune femme ne pouvait pas être à son boulot et au même moment sur la moto de Julien. Il continue à rester muet sur sa filature du matin.

– Tu m'offres l'apéro, j'ai eu une dure journée aujourd'hui.

– Pastis ou Whisky ?

– Pastis, et si tu avais quelques olives à grignoter je dis pas non.

Les deux cousins s'installent dans un canapé. Abdel lui raconte sa vie de flic. Il lui parle de ces deux jeunes qu'ils ont interpellés du côté de Caissargues, deux petits voyous qu'ils filaient depuis plusieurs mois. Des jeunes de vingt ans complètement marginalisés qui se croyaient invincibles, sans foi ni loi. Il sait que son cousin est comme eux, mais il espère, malgré tout, le sensibiliser sur la mauvaise route sur laquelle il s'est engagé depuis plusieurs années. Même s'il a pu lui dire le contraire, il serait malheureux de l'arrêter un jour dans la rue.

Tout en sirotant leur apéritif, ils parlent de leurs origines, des parents qui ont quitté l'Algérie pour se retrouver parqués dans ce quartier de Nîmes. Parler de la famille, des anciens, rendrait presque à Jo un air sympathique. Au fond de lui, il sait qu'il a un peu renié ses origines, il ne se fait plus appeler par son prénom d'origine maghrébine. Son surnom de Jo venait de sa petite taille et de son agressivité hors du commun. Un des jeunes de la bande l'avait comparé au plus petit des Daltons et depuis ce surnom lui était resté.

L'ordinateur se met à sonner.

– C'est un mail. Ça vient peut-être de Marseille, dit Abdel.

Les deux hommes se dirigent vers l'ordinateur. Jo est impatient de découvrir le mail qui vient d'arriver.

– Démarrer, courrier électronique, boite de réception. Abdel commente tout en cliquant sur la souris. Ce doit être ça, il y a des pièces jointes. Je les imprime.

La multifonction se met en route. L'impression couleur semble durer une éternité. Dans le bac récepteur commencent à apparaître les jambes, puis doucement le corps.

– Tu l'as achetée à la Foirfouille ton imprimante.

Le visage de Julie Meynadier est maintenant presque complètement imprimé. Abdel tire le papier du bac et le tient au bout de ses doigts.

– Voilà, c'est la compagne de Julien là haut à La Vernarède.

– Putain, je le savais ! s'exclame Jo.

– Tu savais quoi ?

Avec quelques secondes d'hésitation, il trouve une réponse pour ne pas alerter son cousin.

– Le salop de Julien. Fallait que la nana soit super mignonne pour qu'il disparaisse comme ça. T'as vu comme elle est roulée ?

– Toi tu changeras pas. Tu penses qu'au cul, lui répond Abdel.

Jo est assez fier de sa réponse. Pendant un instant, il s'en était voulu de sa première réflexion et se demandait comment sortir de ce mauvais pas.

– Je peux en faire une copie ? demande-t-il

– Fais comme chez toi. Tout ce flan pour une histoire de cul. Remarque, je préfère, moi je le trouve plutôt sympa Julien. C'est le seul d'entre vous qui essaye de sortir de la merde.

– Oui, mais moi, j'ai un cousin qui s'occupe de moi, dit-il d'un ton flatteur.

Jo plie la photo, la glisse dans son blouson. Après avoir avalé deux ou trois olives et terminé son pastis, il se lève.

– Bouge pas, je connais la sortie.

Jo tient sa première information sensationnelle. Il rendra compte de sa trouvaille demain. Pour l'instant, il a envie de profiter du succès de sa journée de recherches. Il part rejoindre quelques voyous dans un bar de la ville. Vers deux heures du matin, il rentre chez lui et s'endort en pensant à la surprise qui attend Rafy.

Dans un demi-sommeil, il entend son téléphone.

– Qu'est ce que tu fais ? Tu devais passer hier soir, criait la voix de Rafy dans le téléphone.

– T'es pas fou d'appeler si tôt.

– Quand je suis sur un coup, j'ai pas d'horaires.

– J'ai un truc qui devrait t'intéresser, on se rejoint dans une heure au Prolet.

– Dans un quart d'heure, ordonne Rafy en raccrochant.

Jo jubile, il sent que son information va lui plaire. Il enfile un pantalon, sans prendre le temps de se doucher, sort de chez lui pour se rendre sur le Boulevard Jean Jaurès.

Rafy est déjà installé à une table du « Prolet ». Jo s'assoit à côté et appelle un garçon.

– Un grand crème et quatre croissants.

– J'ai une de ces faims aujourd'hui. Tu m'invites ?

– Vas y accouche, tu as quoi de si important à me dire.

– Tu me payes mon petit déjeuner ? insiste-t-il.

– Oui, et maintenant dis moi ce que tu as trouvé ou je t'explose.

Jo est content de le faire marner, mais sent aussi qu'il faut pas trop jouer avec le feu ; Il a gagné un bon petit déjeuner, et surtout, c'est la première fois que Rafy lui donne quelque chose.

– Il a vraiment la haine contre Julien, pense-t-il au fond de lui.

– Bon voilà. Regarde. Il sort la photo pliée de la poche de son blouson et la lui donne.

– D'accord, tu as pris une super blonde en photo, si tu crois que j'ai la tête à mater des culs en ce moment, peste Rafy.

– Tu vois cette blonde. C'est Julie Meynadier, celle avec qui Julien devrait vivre à La Vernarède.

– Pourquoi devrait ?

– Et bien parce que la nana qui est là haut avec lui, ce n'est pas Julie Meynadier. Je les ai aperçus sur la moto. Celle qui est là haut, elle est brune avec des cheveux longs, ils dépassaient largement du casque.

– Tu es sûr de ce que tu annonces.

– Certain, en plus elles sont pas gaulées pareil. Et ça tu sais j'ai l'œil.

Autant Rafy n'est pas du genre à lui faire confiance, autant là, force est de reconnaître que dans ce domaine il est le meilleur de la bande. C'est d'ailleurs sa fierté d'annoncer les mensurations des filles dès qu'il en croise une.

– Qu'est qu'il fait là haut avec cette nana ? s'interroge Rafy.

Il doit s'y rendre pour essayer de percer ce mystère.

– Tu as bien expliqué à Manuel où Momo et Julien se rencontrent à Alès.

– Oui, oui, au Gambrinus.

Rafy prend son téléphone et appelle.

– Manu. C'est Raf. Momo a vu Julien ces jours-ci ?

Il écoute d'un air très attentif.

– Non. Ça veut dire qu'ils devraient se voir prochainement. Appelle-moi dès que tu as quelque chose. Il remet son portable dans la poche de son blouson.

Il rentre chez lui, le téléphone posé sur la table devant lui et fumant cigarettes sur cigarettes, il attend. Il est bientôt dix neuf heures.

Le téléphone vibre et « Manu » s'affiche sur l'écran. Il attrape le portable.

– Je suis sur la route d'Alès. Momo vient de partir. Je continue de le suivre ?

– Oui tu continues, dès que tu le vois avec Julien tu me rappelles.

Rafy fonce dans le parking sous terrain et sort en trombe. Il connaît parfaitement la route pour aller à La Vernarède. Il a souvent consulté les sites sur Internet pour mémoriser le trajet. Cent fois dans sa tête il a fait le chemin. Il a posé le téléphone entre ses jambes pour ne pas manquer l'appel de Manu.

Il dépasse Alès quand son portable sonne.

– Je suis au Gambrinus. Momo vient de retrouver Julien.

– Appelle-moi quand ils se quittent.

Grâce aux filatures précédentes, Rafy sait qu'il dispose d'une trentaine de minutes avant que Julien ne reparte d'Alès.

Il fonce à toute vitesse. En un quart d'heure il est déjà à La Fenadou. Quelques minutes plus tard, il bascule dans la vallée de Chamborigaud. Il pense au plan qu'il a préparé. Il va passer chez le vieux. C'est facile, Jo lui a dit que c'était la première maison avec un banc de pierre juste devant. Il arrive à La Vernarède. Il aperçoit le petit banc. Tout est désert. Il fait nuit et très froid. Il enfile des gants de cuir. Il fait le tour de la petite maison, un vieux volet en bois ne résiste pas quand il tire dessus. Il enjambe la fenêtre et sans faire le moindre bruit fouille les pièces du rez-de-chaussée. Il pousse légèrement une porte. Devant la cheminée, Émile est assis dans un grand fauteuil, une couverture posée sur ses genoux. Rafy s'approche doucement et d'un geste brusque lui couvre la bouche avec ses mains.

– Si tu ouvres ta gueule, je te bute.

Émile ne se débat même pas. Sa surprise a été telle qu'il en a la tête qui tourne. Son agresseur serre de plus en plus fort sur la bouche qu'il a du mal à respirer. Il fait un petit hochement de la tête pour faire comprendre qu'il a compris la menace. Rafy enlève ses mains.

– J'ai pas d'argent ici. Dit le vieil homme le souffle coupé.

– Dis-moi qui habite à côté.

– Qu'est ce que vous leur voulez.

– Ça te regarde pas vieille carne.

Émile ne dira rien qui puisse nuire à ses enfants comme il les appelle maintenant. Il rassemble son souffle et se met à crier :

– Julien !

Rafy se retourne, il saisit un tisonnier dans la cheminée et avec une violence inouïe le frappe à la tête.

Le crâne d'Émile semble exploser au contact du fer. Sa tête bascule vers l'arrière. Il voit son agresseur sauter par-dessus le fauteuil et tout se brouille dans son esprit.

Le visage de Rafy est diabolique. Un rictus de plaisir parcourt sa bouche. Il regarde ses mains meurtrières comme des bijoux et les fait tourner sur le volant de sa voiture.

– Merde, ma bague. Il ne peut pas prendre le risque de retourner chez le vieux. De toutes façon, il n'y a rien d'inscrit dessus.

Valentine qui était en train de préparer quelques cèpes séchés avant le retour de Julien entend le bruit d'une voiture qui fait crisser ses pneus. Elle entrouvre un volet et distingue deux feux rouges qui disparaissent rapidement. Elle sort de la maison en courant. Un pressentiment lui noue le ventre. Arrivée devant la porte de la maison, elle frappe à la porte en criant de toutes ses forces.

– Papi, tu vas bien.

Aucune réponse ne lui parvient. Elle contourne la maison, trouve le volet et la fenêtre ouverte. Elle enjambe le rebord et d'un bond se retrouve de l'autre côté. Son cœur bat dans sa poitrine. Elle se dirige tout droit vers la grande cheminée. Le grand-père est là, du sang coule sur son gilet. Il gémit encore.

– C'est toi petite.

– Papi ne bouge pas je vais chercher du secours.

– Non, ma douce, c'est la fin. Dit-il presque imperceptiblement.

– Ne pars pas, j'ai besoin de toi, pleure-t-elle.

Il ne parle plus. Ses grands yeux bleus la regardent. Il a un petit sourire aux lèvres ; Ils semblent lui dire :

– N'aie pas peur petite. Ce n'est pas si terrible que ça.

Elle le prend contre elle.

– Papi, laisse moi t'accompagner retrouver grand-mère. Je connais le chemin. C'est moi Valentine.

– Je le savais, lui dit-il dans un dernier soupir.

Valentine se met à sangloter. Elle est perdue.

– Seigneur, pourquoi tu me fais subir toutes ces épreuves ?

Oui, pourquoi cette résurrection ? Pourquoi cette rencontre avec Julien et cet amour immense ? Pourquoi cette souffrance qu'elle doit subir après sa propre mort ?

– Julien ! s'exclame-t-elle en entendant la moto se garer devant la maison.

Les yeux remplis de larmes, elle court vers lui. Il comprend qu'il est arrivé un malheur.

– Qu'y a-t-il Valentine ?

– Papi est mort, quelqu'un l'a tué, dit elle entre deux sanglots.

Julien court de toute son énergie. Il retrouve le grand-père allongé sur son fauteuil et se met à crier :

– Papi, papi, parle moi !

Pas de réponse. Valentine arrivée derrière lui pose sa main sur celle du vieil homme. Elle ne sanglote plus. Pendant que Julien se précipitait vers la maison, une voix claire lui avait parlé.

– Il est mort. Je dois l'accompagner. Et dans la lumière scintillante de la cheminée son image s'estompe peu à peu. Julien voit les grands yeux verts disparaître en un dernier éclair.

Un hurlement lui arrache la gorge :

– Non !

Il est maintenant seul avec Émile gisant dans son fauteuil.

Partagé entre colère et incompréhension et déchiré par un chagrin insupportable, il quitte les lieux et se réfugie chez lui.

– Je te hais, se met-il à crier en invoquant le ciel.

Pendant plusieurs jours, Julien reste prostré chez lui. Il avait toujours redouté le retour de Valentine vers sa mort. Il savait qu'un jour elle repartirait. Chaque instant avec elle était vécu comme peut être le dernier. Il avait même imaginé partager son chagrin avec Émile une fois Valentine disparue. Il lui aurait tout dit avant de la rejoindre.

Son visage est marqué par la détresse. Une immense colère le fait se lever.

– Je vais trouver cet enfant de putain qui a tué le grand-père.

Il bondit de sa chaise, sort en claquant la porte et s'élance en direction de Nîmes.

Il va tout droit chez Momo. Il frappe du poing contre la porte.

– Momo, ouvre, c'est Julien.

– Qu'est ce qui se passe, t'en fais un raffut, dit Momo en ouvrant.

– Viens on prend ta voiture, on va en ville. Je t'expliquerai en route.

Dans la voiture il lui raconte le meurtre du grand-père, la disparition de Valentine. Il demande à Momo s'il a encore des relations fiables qui pourront les aider.

– Oui, j'en connais pas mal. Depuis ta disparition, Raf a pris les commandes de la ZUP. Il y en a qui te regrettent. Je crois qu'ils seront prêts à t'aider. Tu cherches quoi ?

– Je veux retrouver celui qui a fait ça. Je ne sais pas encore comment on va faire, mais ses jours sont comptés.

– Mais tu n'as aucune piste, pas le moindre indice. Répond Momo. Il n'y en a pas un qui sait où se trouve la Vernarède.

– Je trouverai, fais-moi confiance.

La détermination de Julien est presque effrayante.

– Arrête-toi, j'ai vu la bagnole de Rafy, lance Julien. Momo s'arrête sur un trottoir.

En sortant de la voiture Julien dit :

– Je vais lui faire savoir que je suis revenu.

Il entre dans le bistrot. Rafy et sa bande son assis dans un coin et semblent parlementer. Julien s'approche.

– Alors Raf, il paraît que tu as pris des galons.

– C'est pas moi qui ait pris des galons, c'est toi qui a déguerpi.

– Eh ! Bien tu vois, je suis revenu, dit Julien en poussant Jo de sa chaise pour s'asseoir en face de Rafy.

Jo ne se sent pas à l'aise. Julien étant revenu, la hiérarchie est maintenant modifiée. Il prend la parole.

– Tu sais Julien, on n'a pas voulu te doubler, il fallait bien que quelqu'un dirige les affaires. Tu comprends, toi tu te la coulais douce avec ta brune à La Vernarède.

Julien l'attrape par le col.

– Qui t'a dit que j'étais à La Vernarède.

Jo, les yeux exorbités se met à hurler :

– C'est pas moi, c'est Raf qui te cherchait.

Il a juste le temps de terminer sa phrase qu'il reçoit en pleine face un coup de poing que Julien ne pouvait pas retenir.

Il écarte la table et se jette sur Rafy. Deux malabars s'interposent. Rafy ainsi protégé se permet de parler.

– Je voulais savoir où tu étais. Tu aurais du y rester, on n'a pas besoin de toi ici.

Julien est libéré par les hommes de main. Il réajuste son blouson, se retourne. En arrivant devant la porte du bar il tourne la tête vers Rafy.

– On va se retrouver bientôt tous les deux.

Dehors, Momo qui n'a pas eu le temps d'intervenir s'excuse auprès de son ami.

– Excuse-moi, je n'ai pas eu le temps. Tu es allé trop vite.

– Je suis sûr qu'il sait quelque chose ce gros con.

– Tu vas retourner là haut. Valentine est peut être revenue. Tu vas faire quoi ?

– Je veux pas la laisser seule un instant. Questionne un peu la bande et commence à voir s'ils sont au courant de quoi que ce soit. Ils doivent avoir des indics à Alès ou ailleurs. Et puis, tiens Jo au chaud. Je pense qu'il sait pas mal de choses.

Pendant le trajet de retour, Julien pense aux déclarations de Jo et de Rafy. Jamais il ne serait allé jusqu'à le traquer au fin fond des Cévennes. Il prie aussi pour que Valentine soit revenue, au moins pour quelques minutes, quelques secondes pour l'embrasser une dernière fois.

La maison est déserte. Valentine n'est pas là. Toute la nuit, il pense aux menaces de Rafy lorsque c'est lui qui dirigeait le groupe il y a quelques mois. Il essaye d'imaginer ce dont il pourrait être capable.

– S'il était venu ici, il m'aurait tué moi, pas le grand-père.

Toute la nuit il réfléchit pour essayer de trouver un fil conducteur qui le mènera jusqu'à l'assassin d'Émile. Plusieurs fois, il lui a semblé entendre du bruit dans une pièce. À chaque fois, son cœur s'est mis à battre un peu plus fort croyant que c'était Valentine qui réapparaissait.

Harassé par la fatigue, la haine, la tristesse, il s'endort la tête posée sur la table.

Il est réveillé en sursaut par des cognements sur la porte.

– Gendarmerie nationale, ouvrez !

Julien bondit de sa chaise. Il faut fuir. Sans réfléchir, il se dirige vers l'arrière de la maison, il ouvre la porte. Il a à peine le temps de sortir la tête que deux gendarmes l'attrapent par les jambes et le plaquent au sol. Il essaye de se débattre, mais ses deux mains sont saisies et attachées avec des menottes.

– Tu crois aller où comme ça ? Allez embarquez-le ! Lance un gendarme resté en retrait.

Il s'était passé plusieurs jours depuis la mort d'Émile. Bien que celui-ci ne recevait que très peu de visites, les habitants de La Vernarède qui empruntaient la route qui passe devant sa maison pour aller travailler à Alès s'étaient étonnés de ne plus le voir sur son banc.

Au bistrot de la placette, ce matin, la discussion s'était mise à tourner autour du vieil homme.

– Hier après midi, je suis rentré tôt. Il faisait encore bon. Le papi n'était toujours pas sur son banc. C'est bizarre.

– Tu as raison. Ça fait plusieurs jours qu'il n'est pas sorti. Ses voisins ne sont pas là non plus. Il est peut être mort tout seul dans la maison. Je vais appeler mon frère, il est gendarme à Chamborigaud, dit le patron.

Vers la fin de la matinée, un télex tombe sur le scripteur de tous les commissariats de Nîmes.

– Homicide. Un homme de quatre vingt neuf ans trouvé assassiné à son domicile. Lieu du crime : La Vernarède. Recherchons toute information concernant un dénommé Julien Fronçois qui a tenté de s'enfuir à la vue des gendarmes.

– Tiens Abdel, on vient de recevoir ce papier. Ce n'est pas un gars de ton quartier ce Julien Fronçois ?

Abdel saisit le télex le lit rapidement et se passe les mains sur la bouche avant de dire :

– Je crois que j'ai fait une connerie. Je suis pas dans la merde.

– Pourquoi, tu savais qu'il préparait un sale coup, lui demande son collègue.

– Un indic m'avait rencardé. J'ai cru que c'était une histoire de fesse. Il faut que j'aille parler au commissaire. Je vais en prendre plein la figure, mais c'est plus sage.

Abdel pénètre dans le bureau du commissaire, lui présente le télex et lui annonce qu'il était au courant de la présence de Julien à La Vernarède.

Il lui explique tout en détail : la présence de cette femme qui se fait passer pour Julie Meynadier, les demandes insistantes de son cousin Jo… Il essaye de ne rien oublier.

– Comment avez-vous pu mener une enquête en dehors de votre secteur ? Comment vais-je expliquer ça au procureur et aux gendarmes ? Vous me mettez dans un joli pétrin Benaziz.

– J'assume toute la responsabilité de mes actes patron.

– Sortez et restez à ma disposition, j'appelle la gendarmerie de Chamborigaud.

Abdel inquiet mais soulagé d'avoir révélé ce qu'il savait s'assoit sur le rebord d'une table pour attendre les ordres.

Une heure plus tard, le commissaire sort de son bureau, son imperméable sous le bras.

– Benaziz, suivez-moi, les gendarmes nous attendent.

Les deux policiers arrivent quelques temps plus tard à Chamborigaud.

– Bonjour messieurs, dit le capitaine qui les accueille.

Après quelques paroles pas très agréables à entendre sur la nécessaire collaboration des différents services, sur l'éternelle rivalité entre policiers et gendarmes, et après avoir fait remarqué vertement au jeune inspecteur la légèreté de ses actes, il fait un rapide descriptif de la situation.

Abdel se confond en excuses et relate au gendarme toutes les étapes de ses recherches.

– Le dénommé Julien Fronçois est actuellement dans une de nos cellules. Venez, on va l'interroger tous les trois.

– Abdel, qu'est ce que tu fais là, demande Julien en voyant entrer les trois hommes.

– C'est nous qui posons les questions ? dit le gendarme d'un ton autoritaire.

– Monsieur Benaziz a appris que vous squattiez la maison Meynadier avec une jeune femme. Qui est-elle ?

– Si je vous le dis vous ne comprendriez pas. Répond Julien.

– Parce que vous me prenez pour un imbécile en plus !

Voyant la colère du gendarme, Julien enchaîne :

– On ne faisait de mal à personne.

– Et le vieil Émile, il faisait du mal à quelqu'un ?

– C'est pas moi qui l'ai tué.

– Alors pourquoi vous avez cherché à fuir devant les gendarmes.

Julien ne trouve pas de réponses qui puissent être cohérentes. Comment leur dire qu'il vit là haut avec Valentine Meynadier qui est morte depuis presque un an et qui a ressuscité au beau milieu de la féria de Pentecôte. Comment expliquer ce qui est inexplicable.

– Vous connaissez un dénommé Jo. Enchaîne le capitaine de gendarmerie

– Oui, pourquoi, c'est le cousin d'Abdel.

– Il vous a suivi jusqu'ici. C'est lui qui a démasqué la fausse identité de la jeune femme avec laquelle vous êtes.

Julien comprend que Jo n'est pas venu ici de sa propre initiative. Momo lui avait parlé dans une de leurs rencontres habituelles à Alès du rapprochement stratégique entre lui et Rafy. C'est plus clair maintenant, c'est lui qui a organisé la filature. Le meurtrier du grand-père, c'est donc Jo. Non, il n'est pas capable d'un tel acte. Alors, c'est Rafy le coupable.

– Pour la deuxième fois, qui est cette femme, où est-elle ? Insiste le gendarme.

– Je n'en sais rien, elle s'est volatilisée.

– Pourquoi habitez-vous dans cette maison abandonnée ?

– Justement parce qu'elle est abandonnée. J'ai vécu les plus beaux jours de ma vie. Émile était comme notre grand-père. Je ne l'ai pas tué. Demandez plutôt à Jo et les autres.

– Nous allons mener notre enquête aussi dans cette direction. Vous avez fait des études de droit. Vous savez ce qui vous attend.

– Rien de pire que ce que je vis actuellement. Le seul vœu qu'il me reste à faire est que vous retrouviez l'assassin de mon grand-père.

– C'est pas ton grand-père.

– Réfléchi bien, si tu ne veux pas parler, nous dire tout ce que tu sais sur cette femme, tu deviens son complice si réellement ce n'est pas toi qui a tué le vieux. Elle fait partie des principaux suspects.

Julien sourit légèrement :

– Il faudra que vous remuiez ciel et terre pour la retrouver.

– Tu fais le malin, moi j'ai tout mon temps. Venez ! lance-t-il aux deux policiers.

Le gendarme les raccompagne à leur voiture.

– Demain on va le faire transférer à la maison d'arrêt d'Alès. Ici, on n'a pas les moyens de garder un prévenu, surtout dans une affaire de meurtre. Elle me semble sordide cette affaire. Allez, bon retour.

Sur le chemin du retour, le commissaire fait la leçon à son inspecteur ; Désormais, il ne s'occupe plus de cette affaire. Si le parquet demande un complément d'enquête, il désignera un de ses collègues pour s'en occuper.

– Patron, c'est un gars que je connais bien, et puis, Jo et les autres j'ai vécu avec eux, je sais ce dont chacun d'eux est capable.

– Je vous interdis de vous en mêler, faites-vous oublier. C'est un ordre.

Abdel s'exécutera. Il a tellement souffert pour arriver où il en est qu'il ne prendra pas le risque de tout gâcher. Il ira malgré tout questionner Jo. Il ne désobéira pas à l'ordre qui lui a été donné, il essayera juste de sortir son cousin d'un mauvais pas s'il a une quelconque responsabilité dans ce meurtre

CHAPITRE 8

Jo est assis à sa place habituelle en bas du chemin neuf de Pissevin. Il est tout seul, pensif. Momo passe devant lui et donne un coup de Klaxon.

– Ola ! Jo ! Tu as la mine des mauvais jours.

– J'ai vu mon cousin Abdel, je crois que je suis dans la merde.

– Viens je t'amène dans ma nouvelle pizzeria, tu me raconteras tout ça pendant que je prépare les pâtes.

Jo se lève et se laisse tomber sur le siège de la voiture.

– Je t'ai vu plus en forme.

– J'ai les flics au cul. Tout ça à cause de Raf.

– Tu m'expliqueras tout ça tout à l'heure, Élodie doit m'attendre depuis un moment déjà. Je n'aime pas la laisser seule.

Momo et Élodie vivent ensemble depuis plusieurs semaines. Elle a eu dix huit ans et comme dans un conte de fées, Momo est allé la chercher un beau matin devant le foyer.

Les éducateurs et le directeur avaient préparé ce départ. Ils étaient tous très tristes de la voir partir et en même temps heureux du chemin qu'ils avaient fait avec elle. Chacun trouvait dans ce dénouement les ressources, le courage de continuer à aider tous ces jeunes qui leur étaient confiés.

Arrivés dans la pizzeria, Momo laisse quelques instants Jo devant la cuisine.

– Avant toute chose, je vais lui faire un baiser.

Il revient rapidement et sur un ton interrogatif demande :

– Alors raconte.

– Il va me tuer Rafy, mais tant pis, c'est à cause de lui si je suis dans la merde.

Sans s'interrompre, il raconte les filatures qu'il a effectuées.

– Y a un vieux qui a été tué un jour où tu avais rendez-vous avec Julien à Ales. Rafy a profité de son absence pour aller à La Vernarède. Il est fou ce mec, fou de haine et de vengeance. Je suis certain que c'est lui l'assassin. Le problème, c'est que pour avoir les premières informations, j'ai rancardé mon cousin Abdel. Quand les gendarmes ont trouvé le corps, Abdel en a pris pour son grade d'avoir mené une enquête là haut. Moi, j'ai rien à voir avec cette affaire, mais je ne peux pas balancer Rafy.

– Et Julien ? demande Momo.

– Il est en prison à Alès. C'est le principal suspect. Il y a bien une femme qui est recherchée, mais personne ne la trouve.

Momo pose le tablier qu'il avait commencé à nouer autour de sa taille. Il appelle Élodie.

– Je vais à Alès, si tu ne te sens pas le courage d'ouvrir la boutique toute seule ferme et va passer une soirée avec tes copines. Julien a été arrêté. Je vais le voir à la maison d'arrêt.

– Je viens avec toi. C'est grâce à lui si je t'ai rencontré.

Ils arrivent devant la prison.

Ils arrivent à obtenir une courte visite avec Julien.

– Tu es le seul à venir me voir. Il regarde Élodie. Pardon, les seuls. Je n'ai pas tué le papi, Je pense que c'est Raf ou Jo les meurtriers.

– C'est Rafy. Qu'est-ce que tu vas faire ?

– Tant que je suis ici, je ne peux rien faire. Ils recherchent Valentine et comment veux-tu que je leur explique où elle est ?

– Valentine ! reprend Élodie avec surprise.

– Oui, Momo, tu peux tout lui dire, mais pas là. Il faut que je trouve un moyen de sortir. Si je me fais la belle, est-ce que je peux t'appeler ?

– Si tu ne le fais pas, je te casse la gueule.

La visite prend fin. Élodie, en sortant de la prison demande à Momo :

– Qu'est ce que tu dois me dire sur Valentine ?

Momo la fait entrer dans la voiture en ouvrant sa portière. Il fait le tour et s'assoit à son tour. Il pose ses mains sur le volant et commence son long récit.

Élodie reste bouche bée. Elle ne sait si elle doit croire cette histoire. Momo s'attache à lui raconter les éléments troublants qu'il a lui-même vus. Le bloc note qu'il est allé chercher et sur lequel il y avait son prénom. La mission que Julien devait terminer.

– J'y croyait pas moi non plus, dit Momo

– Moi j'y crois. J'ai toujours senti Valentine derrière les instants de bonheur que je vivais. Il faut les aider. Ils doivent se retrouver. Promets-moi que tu l'aideras.

– Je te le promets à toi aussi, comme je l'ai promis à julien.

Tout au long du trajet retour, ils ne se disent pas un mot. Momo pense à Julien, Élodie à Valentine.

Quelques jours plus tard, dans un fourgon bleu, Julien est assis replié sur lui-même. Il retourne à La Vernarède pour une reconstitution.

Il se laisse traîner par les policiers. Ils entrent dans la maison du grand-père. Julien fait les gestes qui lui sont ordonnés.

– Et la femme avec qui tu vivais, elle est où ?

Cela faisait cent fois, mille fois que cette question lui était posée.

– Elle est dans un trou, dit-il exaspéré.

– Dans un trou ! répéta un officier. Le coin est rempli de vieux puits de mine désaffectés. C'est là qu'on va la retrouver. Il a dû la tuer et la laisser pourrir sur place. Glissa-t-il doucement à un de ses collègues.

Ils embarquent Julien dans le fourgon, s'engagent dans la descente de La Vernarède et se dirigent vers les anciens puits de mine. Ils le sortent à nouveau et lui demandent.

– Tu connais ce coin ?

– Oui, j'y venais souvent ?

Ils commencent à marcher tout droit en suivant les anciens rails. Julien se rappelle que Valentine et lui venaient régulièrement ici. Elle lui racontait des histoires de mineurs. Ils avaient même osé rentrer dans un puits désaffecté. Valentine s'était moquée de lui parce qu'il avait peur de se perdre.

– Avec moi tu ne risques rien. J'ai l'habitude du noir. Et puis, si on continue, on pourra peut-être sortir vers le château de Portes.

Elle l'avait amené dans une espèce de petite salle et avait sorti une lampe à pétrole et des allumettes que son père laissait toujours là. À sa mort, elle en faisait de même, venant régulièrement vérifier que le plastique où étaient les allumettes était toujours étanche.

Il retrouve le buisson qui cache l'entrée du puits. Cela fait maintenant une bonne demi-heure que le groupe marche à l'aveuglette. Les policiers, inconsciemment ont relâché un peu leur attention. Julien demande une cigarette à un policier qui vient de sortir son paquet.

Il fait une moue en montrant qu'il ne peut pas fumer avec les mains liées dans le dos.

– On est assez nombreux et dans ce coin désertique je ne vois pas comment il pourrait s'enfuir lance le juge qui observe les déambulations du groupe.

Un policier sort les clefs des menottes et détache Julien. D'un geste brusque, il se dégage et plonge derrière le buisson. Les policiers sortent leurs armes, contournent le buisson et se retrouvent devant un trou béant.

– Appelez un maître chien, vite. Il ne peut pas aller bien loin.

Julien est dans le noir absolu. Il avance en mettant les mains devant lui. Il faut qu'il retrouve la lampe et les allumettes. Il sent que le trou dans lequel il est s'agrandit. Il palpe les murs pendant de longues minutes. Soudain, il sent le métal de la lampe. Délicatement il la soulève. Normalement, le sachet avec les allumettes est noué autour du pied.

La lumière lui semble comme une délivrance. Il va marcher aussi droit que possible. Pendant de longues heures, il avance. Il tourne peut être en rond. Rien ne peut le guider dans ces interminables tunnels. Cela fait presque trois heures qu'il a plongé dans les entrailles de la terre. Il s'assoit. Il pense qu'il ne pourra jamais ressortir de ce trou. Il n'a pas peur, il n'a plus peur de se perdre. S'il doit mourir, c'est donc ici qu'il retrouvera Valentine. Plongé dans ses pensées, il regarde son ombre sur la paroi à côté de lui. Il sourit en pensant :

– Tiens on dirait un fantôme qui vole dans les airs.

Soudain il réalise que l'ombre bouge. En fait, ce n'est pas l'ombre qui se déplace, mais un souffle d'air qui fait vaciller la flamme de la lampe. Il y a de l'air qui vient de sa droite. Il se relève et se dirige vers ce vent providentiel. Il marche pendant encore plusieurs minutes quand au loin, il aperçoit une minuscule lueur à cent mètres de lui. Il arrive devant d'immenses blocs de pierre qui laissent passer quelques rayons de soleil. Il va creuser pour se faire un passage. Il casse le verre de la lampe. Il la pose sur un rocher et saute dessus avec énergie pour essayer de l'aplatir. Tout en faisant ça, il se rappelle la tendresse que Valentine avait pour ces lampes de mineur.

– Pardon ma belle ! dit-il à haute voix.

Avec sa pelle de fortune, il commence à gratter autour des blocs. À force de courage et d'énergie, il arrive à dégager quelques cailloux. La lumière est maintenant intense dans le tunnel. Encore quelques efforts et le trou sera suffisamment grand pour qu'il puisse s'y faufiler.

Il est loin de l'endroit où il a faussé compagnie aux policiers. Il est presque à Bousige, à dix minutes à pied de Portes. Au loin, dans la vallée, il entend les chiens aboyer. Il faut qu'il parte d'ici. Il doit contacter Momo. Lui seul acceptera de l'aider.

Il arrive au relais devant le château. Un présentoir de cartes postales lui donne une idée. En un clin d'œil il saisit une rangée de cartes et s'éloigne vers le château. Un groupe de touristes qui redescend le croise.

– Cartes postales, qui veut des cartes postales ? dit-il en brandissant son butin.

Il arrive à en vendre une ou deux ; Il laisse filer le groupe et en passant par l'arrière du village pour ne pas se faire remarquer essaye de trouver une cabine téléphonique.

Il en aperçoit une de l'autre côté de la route. Il doit faire vite. Il traverse en courant, ouvre la porte, décroche le combiné.

– Momo, j'ai besoin de toi. Viens me chercher. Château de Portes, à droite, une petite route, je serai caché. Roule doucement, je te ferai signe. Et il raccroche.

Il scrute les alentours. Il n'y a personne. Il traverse, plonge dans les broussailles et disparaît. Il rejoint la route de Bousige, se planque dans un trou de châtaignier et commence son attente. De là où il est, il voit les bâtiments de la mine au fond de la vallée. Il distingue les va et vient des véhicules de gendarmerie. Ils ont placé toute une armée devant l'entrée du puits. Tant qu'ils l'attendront là il sera tranquille.

Après quelques heures, il entend le bruit d'une voiture. Il reconnaît la Ford Focus de Momo. Il n'est pas seul, Élodie est venue avec lui. Il saute de son talus et s'engouffre à l'arrière du véhicule.

– On va où ? demande Momo

– Où tu veux ? répond Julien.

Ils empruntent les routes désertes des Cévennes. Arrivé au Collet de Dèze, dans la Vallée Longue, Momo s'arrête.

– Tu n'as pas faim. Et il sort de la voiture

Quelques minutes après, il revient avec deux gros fromages de brebis et une énorme miche de pain doré.

– Tu m'excuseras, j'ai pas pris de saucisson.

Il reprend la route, Élodie à sa droite se charge de trancher pain et fromage et commence la distribution. Après avoir mangé sans dire le moindre mot, Julien interrompt le silence.

Il faut que je retrouve Valentine. Je ne peux pas vivre sans elle.

– Ce soir je retournerai sur sa tombe.

Momo et Élodie se regardent.

– Vous resterez à la Tavernole. À pied, il me faut une demi heure pour descendre.

En sortant de la voiture qui vient de se garer, Julien parle à ses amis.

– Si dans deux heures je ne suis pas revenu… Il s'interrompt et embrasse Momo et Élodie.

Ils le voient disparaître dans la nuit.

Julien a facilement retrouvé le chemin, il l'a fait maintes fois avec Valentine. Il est assis devant la tombe. Pendant de longues minutes, il est là, les yeux dans le vague. Il comprend qu'elle ne viendra plus. Ses yeux se remplissent de larmes. Il se lève comme un automate et s'avance sur le petit chemin qui mène jusqu'à l'église. Machinalement, il s'approche de la lourde porte. Il pose sa main sur l'énorme poignée. Elle descend doucement et la porte grince en s'entrouvrant. Le curé a du oublier de fermer à clef. Julien s'avance dans l'allée sombre. Il va jusqu'aux marches qui mènent à l'autel. Il s'assoit sur la première et prend sa tête à deux mains.

– Seigneur, j'ai passé la plus grande partie de ma vie sans croire en ta présence. Je ne sais pas pourquoi tu m'as envoyé Valentine, mais je t'en remercie. Je bénis ton nom de tous les moments que tu m'as fait vivre avec elle, les plus doux comme les plus cruels. Je comprends enfin le sens de la vie. Valentine m'a souvent parlé du purgatoire dans lequel tu l'avais placée. Ce purgatoire c'était le mien. Tu avais besoin de cet ange pour faire que ma vie se nourrisse enfin d'amour et de bonté. Je souffre Seigneur, tu le sens bien, tu le vois. Mon cœur a froid. Combien de temps ce purgatoire durera-t-il avant que je trouve la sérénité et que cesse mon chagrin. Seigneur, tu es seul maître de mon destin, aide-moi à trouver ma route.

– Si tu suis la bonne route, elle te mènera jusqu'à moi. Valentine est là devant lui. Son visage éclairé par les deux bougies qui finissent de brûler près de la croix du Christ. Elle s'approche de lui, lui tend la main. Il la saisit pour se relever.

– Viens avec moi, demande Julien.

– Tu trouveras l'apaisement dans le Seigneur. Fuir ne servira à rien.

– Viens Valentine, viens, quelqu'un nous attend encore à la Tavernole.

Valentine se laisse entraîner par le bras en dehors de l'église. Elle ne résiste pas, son corps est léger comme la brise. Julien veut l'emporter loin de cette prison, loin de cette mort qui les sépare. Valentine a envie d'y croire aussi. Croire en une résurrection qui lui offrirait l'amour de Julien pour toute une vie.

Bientôt, c'est elle qui entraîne Julien, comme galvanisée par cette fuite en avant. Ils ne sont plus très loin de la Tavernole. Pourvu que

Momo ait attendu ! Il est là, frigorifié dans la Ford. Élodie est blottie contre lui.

Ils sursautent quand les portières s'ouvrent.

– Julien ! crie Momo

– Valentine ! s'exclame Élodie incrédule.

– Roule au lieu de me regarder comme si tu avais vu un fantôme, dit Julien

Valentine a enroulé ses bras autour du cou d'Élodie comme pour lui prouver que c'était bien elle assise derrière elle.

– C'est impossible, c'est irréel, mais Dieu que je suis heureuse de te voir.

– C'est la magie de l'amour, répond Valentine.

Ils roulent sans se soucier de l'itinéraire qu'ils empruntent. Ils traversent plusieurs vallées. Après la Grand Combe ils ont viré à droite vers le col d'Uglas. La vallée de Mialet semble dormir en cette fin de nuit. Ils roulent sans s'arrêter. Bientôt, après de nombreux lacets, Momo stoppe la voiture.

– On peut rester là, on y verra plus clair demain.

Les deux couples se serrent l'un contre l'autre en ce moment de liberté. Valentine ne dort pas. Elle sent le cœur de Julien qui bat contre elle.

Le soleil au loin embrase les montagnes. La vallée française s'illumine. Julien se réveille. Il s'appuie un peu plus fort contre Valentine. Elle murmure doucement.

– Mon amour. Je t'ai suivi dans cette fuite pour que nous vivions ces derniers moments ensemble. Ne sois pas malheureux. Depuis notre première rencontre, nous savons qu'un jour cet instant viendrait. Dieu nous a accordé ces quelques mois de bonheur parfait. Je dois retourner d'où je viens. Ne me retiens pas. Quand je serai partie, retourne dans notre maison, j'y ai laissé un flacon de violette. Je t'aime pour l'éternité.

Julien l'écoute en pleurant. Ses mains s'accrochent à celles de Valentine. Elles semblent glisser petit à petit entre ses doigts. Bientôt il est seul assis sur le fauteuil de la voiture. Il reste là sans bouger, sans bruit, comme s'il voulait prolonger encore quelques instants le rêve d'où il ne voulait pas sortir.

Il tapote sur l'épaule de Momo.

– Momo, il faut rentrer maintenant.

Son ami et Élodie se réveillent doucement, il continue à leur parler.

– Ça y est, Valentine a rejoint sa dernière demeure. J'ai mal de son absence, mal de ce chagrin qui est à la mesure de l'amour qu'elle a su me donner.

Momo et Élodie pleurent en silence. Ils pleurent le départ de Valentine, le chagrin de Julien, mais ils pleurent aussi la violence de l'amour qu'ils ont l'un pour l'autre et qu'ils souhaiteraient éternel.

Ils roulent doucement. Arrivés à Saint Croix, Julien demande à son ami de s'arrêter.

– Laissez-moi là, je vais me rendre aux gendarmes. Peu importe où je serai, en prison ou ailleurs, ça n'a plus d'importance.

Julien se rend devant la gendarmerie et se constitue prisonnier.

CHAPITRE 9

Dehors le ciel est bleu, sans aucun nuage. Julien est allongé sur son lit, son esprit est resté sur cette petite route entre Barre des Cévennes et Sainte Croix Vallée française. Pas un détail ne s'est échappé de sa mémoire, le réveil des couleurs au rythme de l'ascension du soleil, la fine clarté tout à l'est qui se transformait au fil des secondes. Il sent la chaleur de Valentine appuyée contre lui. Il aurait aimé à cet instant que leurs deux corps ne fissent qu'un. L'embrasement des sommets de la corniche des Cévennes, du col Saint Pierre au Col de l'exil, était aussi violent et merveilleux que l'amour qu'il ressentait pour elle.

Il garde en lui ces derniers instants des mains de Valentine blotties dans les siennes. Il aperçoit au loin, derrière les barreaux de sa cellule les premières cimes cévenoles. Une année, une seule petite année où chaque minute, chaque seconde n'a été que plénitude et lumière.

– Quand Dieu me rappellera à lui, quand ma mission prendra fin, ne pleure pas, ne soit pas triste ! Continue ton chemin, il te conduira jusqu'à moi ?

À chaque fois il lui avait répondu :

– Il n'y a pas de chemin que je puisse faire sans toi, pas de sens où aller sans la douceur de tes yeux, la chaleur de ton corps contre le mien. Comment continuer à vivre sans toi ?

– La vie est un commencement. C'est elle qui sera ton guide.

Il se lève doucement. Il s'assoit sur la chaise en bois de pin, pose ses coudes et enfouit son visage entre ses mains. Il se frotte les yeux, prend le crayon qui est posé sur une feuille blanche et il écrit :

– *Mon éternel amour.*

J'étais sans vie, tu m'as ressuscité. Mon cœur était froid, tu l'as réchauffé. Tu as fait de moi l'homme que je n'avais pas su être. J'ai appris chacun de tes gestes, respiré chacun de tes parfums. Tu m'as donné ce que je voulais t'offrir.

La douceur de ta peau manque à mes mains qui te caressaient. Mon regard est perdu désormais sans les reflets de tes yeux qui se posaient sur moi. J'entends encore ton cœur qui bat contre ma poitrine lorsque tu t'effondrais, ivre de plaisir et de jouissance.

J'ai trouvé la simplicité de te retrouver le soir après un dur labeur, la joie de te sentir dans cette maison quand, en revenant de couper du bois, j'apercevais la fumée sortir de la cheminée.

J'ai erré pendant plus de vingt ans sans connaître le sens de la vie. Je sentais en moi cette force étrange qui a éclaté lorsque je t'ai rencontrée. Ta résurrection a été la mienne, ta disparition finale un vide dans lequel je sombre jour après jour. Ma vie est mon chemin, aurais-je la force de le suivre sans toi.

Il pose le stylo, embrasse tendrement la lettre qu'il vient d'écrire pour Valentine.

Le verrou de la porte claque. Elle s'ouvre avec un petit grincement. Le gardien se campe devant l'entrée de la cellule et d'un ton agressif lui dit :

– Fronçois, au parloir, vous avez de la visite.

Personne dans la prison ne peut avoir de la compassion pour ce détenu qui a sauvagement assassiné un vieux de quatre vingt dix ans et certainement fait disparaître sa complice.

Arrivé au parloir, il sourit. Momo est assis derrière une épaisse vitre. Il lui rend son sourire, heureux de revoir son ami.

– Comment tu vas Julien ?

– J'ai perdu le sens de ma vie. J'avais longtemps redouté cet instant, mais auprès d'elle, j'avais fini par oublier qu'elle n'était que de passage.

– Me pardonneras-tu d'avoir douté de son existence ?

– Comment pouvait-il en être autrement ? Tu as douté comme je l'ai fait, mais jamais, non jamais ton amitié s'est éteinte.

– Tu m'as transmis les valeurs qui me rendent heureux aujourd'hui.

– Tu es toujours avec Élodie ?

– Tous les matins quand je me réveille, je la regarde dormir. Quand elle est avec moi à la pizzeria, je sens mon cœur qui bat un peu plus fort chaque fois que je la frôle.

Il s'interrompt. Son bonheur lui semble trop indécent ; Julien a tout perdu, l'amour, la liberté.

– Je vais te faire sortir de là.

– Me faire sortir, mais pour aller où ?

– Tu ne peux pas accepter de vivre avec cette accusation. Tu es innocent Julien. Tu payes pour un autre. Retrouve ta liberté et après, tu iras bien où tu voudras.

– Non Momo, laisse-moi du temps. Je n'ai pas encore trouvé mon chemin.

– Je vais dire aux flics que j'étais avec toi au moment du meurtre.

– Leur dire que tu savais que je squattais une maison à la Vernarède avec une femme ressuscitée d'entre les morts. Non Momo, comment pourront-ils te croire. Tu seras inculpé toi aussi. Jamais Valentine n'aurait accepté que je vous mette en péril Élodie et toi. Ne sois pas inquiet, la vérité viendra d'ailleurs.

– Mais…

Julien pose sa main sur la vitre et d'un léger mouvement de tête confirme son refus à son ami.

Le gardien vient mettre un terme à la visite. Les deux amis se lèvent. Julien en se dirigeant vers la porte se retourne vers Momo qui n'a pas bougé.

– Étonne la ! Étonne la toujours ! Que chacun de ces instants soit une douce surprise !

La porte se referme, Momo sent qu'il doit aider Julien.

Dans la cité de Valdegour, Rafy a pris la tête du groupe de jeunes loubards. Il fait régner la terreur. Quiconque ose discuter ses ordres est immédiatement l'objet de représailles sauvages. Julien savait qu'un grand nombre d'entre eux ne vivaient que pour le plaisir de la violence. Il avait su freiner leur agressivité. Maintenant avec un leader comme Rafy, tout ce que l'homme a de cruel, de bêtement sauvage est devenu la loi dans la ZUP.

Jo s'est écarté progressivement de cette bande de chiens enragés, assoiffés de sang et de haine. Il rencontre de plus en plus souvent son cousin Abdel. Sa conscience le suit à chaque instant de sa vie. Souvent, les deux hommes passent de longs moments à flâner dans les jardins de la fontaine. Abdel lui raconte le mal être qui l'a assailli lorsqu'il a fait le choix de rompre avec cette violence. Jo l'écoute souvent sans rien dire, son retour de la haine vers l'amour de l'homme, de la violence vers la paix brille comme une étoile inaccessible. Un matin, ils se sont donnés rendez-vous à Valdegour.

Abdel et Jo sont assis en bas du chemin neuf de Pissevin. Cela fait maintenant six mois que Julien est en prison.

– Abdel, quand tu sais quelque chose et que tu dis rien, tu en prends pour combien ?

– Ça dépend de ce que tu caches.

– Si tu connais un meurtrier et que tu as peur de le dénoncer par exemple.

– Qu'est ce que tu as à me dire ?

– Tu sais, Julien, c'est pas lui qui a tué le vieux. Il était avec Momo au moment du meurtre. Demande à Manu. Rafy lui avait demandé de les surveiller à Alès.

– Et tu me dis ça maintenant !

– Je pensais que vous alliez trouver et puis Momo il aurait pu témoigner. Je lui en ai parlé, il a dit un truc bizarre comme quoi Julien il voulait pas sortir.

– Je vais demander de relancer l'enquête. Moi je ne laisserai pas un innocent en taule. C'est aussi mon métier.

Abdel retourne au commissariat, demande à voir son supérieur.

– Patron, dans l'affaire de La Vernarède, j'ai des nouveaux éléments qui devraient permettre d'innocenter Julien Fronçois.

– Ça t'a pas suffit la première fois de t'occuper des affaires des autres.

– C'est mon affaire, les témoins sont à Nîmes à Valdegour, et que je sache, c'est notre secteur.

Il lui relate ce que son cousin Jo lui a raconté quelques minutes plus tôt. Il enchaîne en décrivant les personnalités de chacun des membres de la bande. Le seul capable de tuer, c'est Rafy. Sa haine était telle qu'il aurait tué sa mère pour voir tomber Julien.

– J'appelle la gendarmerie de Chamborigaud.

Au téléphone, le commissaire s'énerve.

– Comment ça vous n'avez rien fouillé ! Il raccroche.

– Quand Julien a essayé de s'échapper, il était le suspect idéal. En plus, il a toujours caché l'identité de la femme qui était là haut avec lui. Vous avez eu des informations à son sujet.

– Aucune, disparue, comme elle est venue. Répond l'inspecteur.

– Venez Benaziz, on va faire un tour à la campagne. Aujourd'hui, c'est les gendarmes qui ont fait une boulette. Ils ne peuvent pas nous refuser une petite visite.

Après avoir pris rendez-vous avec le capitaine de gendarmerie, ils arrivent à la maison du grand-père. Le capitaine les voyant s'avancer hausse un peu le ton comme pour se faire pardonner.

– Fouillez-moi ça de fond en comble !

Tout est passé au peigne fin, pas le moindre indice. Le commissaire regarde les cendres dans la cheminée.

– Ils auraient pu enlever les cendres, ça va puer dans cette baraque.

Il se penche et attrape un seau et une pelle en fer posés contre la pierre. Il passe la pelle sous les cendres avec délicatesse pour ne pas la faire voler dans la pièce.

– Ma mère m'a assez engueulé quand je faisais ça trop vite ! dit-il au capitaine posté derrière lui.

Il verse délicatement le contenu de la pelle dans le seau, et reprend son ramassage minutieux.

À la troisième pelle, la chute des cendres dans le seau est accompagnée de celui d'un objet métallique.

– Tant pis pour ma mère. Dit le commissaire en versant le contenu du seau sur le sol.

Une bague roule. Le capitaine l'arrête du pied, il la ramasse, la regarde minutieusement et la tend au commissaire qui s'est relevé.

– Eh ! Bien voilà peut-être un premier élément de preuve.

On va rentrer à Nîmes et on va convoquer tout ce beau monde.

Le commissariat affiche complet. Rafy, Jo, Manu et quelques autres sont là. La stratégie est simple. Ils seront interrogés séparément. À chacun d'entre eux ils montreront la bague trouvée dans la cheminée.

Abdel a réussi à convaincre le commissaire de le laisser interroger son cousin.

Celui-ci répond à toutes les questions sans chercher à masquer quoi que ce soit.

– À qui elle est cette bague ? Demande Abdel

– C'est celle de Rafy, il l'a achetée à un recéleur de Narbonne.

L'inspecteur se lève et remet le précieux objet à un de ses collègues.

Manu et les autres sont moins coopérateurs. La même question leur est posée au sujet de la bague, avec une petite nuance :

– C'est ta bague, ton copain nous l'a confirmé. On l'a trouvée sur les lieux du crime. Tu as quoi à dire contre ça ?

– C'est pas la mienne, c'est celle de Rafy, c'est un gars de Narbonne qui lui a refilée.

Les inspecteurs et le commissaire se retrouvent pour faire le point.

– Eh bien voilà. C'est Rafy qui était chez le grand-père. Duteuil et Granier occupez-vous de lui. Vous ne le lâchez pas tant qu'il n'a pas avoué. Les deux inspecteurs s'exécutent et entrent dans la pièce où est assis Rafy.

Quelques jours plus tard, Momo est en train de confectionner une pizza quatre fromages. Élodie est à côté de lui, les mains posées sur les hanches. Elle se retourne vers lui, son gros ventre en évidence. Momo pose ses deux mains dessus et le caresse tendrement. Ils se retournent au bruit de la clochette placée au-dessus de la porte.

– Julien ! Il saute derrière son comptoir en renversant deux verres et s'avance vers lui. Les deux hommes se regardent un instant et s'enlacent comme deux frères qui se retrouvent après de longues épreuves.

Julien regarde Élodie qui s'est approchée. Quand il voit son gros ventre, il fait un clin d'œil à son ami.

– Il va falloir en faire des pizzas pour nourrir toute cette petite famille. Dit Julien en souriant.

– Tu as l'air d'aller, tu reviens t'installer à Nîmes ? demande Momo.

– Non, je retourne là haut. Le grand-père m'a couché sur son testament. Je vais habiter dans sa maison en attendant de trouver un boulot. J'espère qu'un jour la cousine Julie me vendra la maison.

– Prend soin de toi.

– Toi aussi.

ÉPILOGUE

Julien est assis sur le banc devant la première maison de La Vernarède. Un petit garçon passe devant lui en vélo et s'arrête.

– Bonjour grand-père.

C'est comme ça que tous les gens du village l'appellent. Il y a bien longtemps qu'il n'est plus retourné à Nîmes. Momo et Élodie venaient le voir très souvent. Maintenant avec l'âge, ils montent moins souvent. Ils ont eu trois enfants. Le premier est une fille, ils l'ont appelée Valentine.

– Ça va petit, répond le vieux monsieur.

Mais celui-ci avait déjà enfourché son vélo pour se lancer dans cette grande descente de la Vernarède.

Julien se sent las. Il se lève péniblement. Il n'a pas réussi à acheter la maison des Meynadier, mais il en possède un double des clefs.

Il les décroche du clou planté dans le bois d'une vieille armoire. Il a envie d'y passer la soirée.

Il met le feu dans la cheminée. Il n'y a pas eu un soir de sa vie, les jours d'hiver où il n'a préparé le feu. Pas un seul soir où en fermant les yeux devant les flammes il n'avait pensé à Valentine.

Il est enfoncé dans le grand fauteuil et s'endort paisiblement. Dans son sommeil, un doux parfum de violette arrive à ses narines. Un parfum qu'il n'a jamais oublié. Valentine est derrière lui. Elle s'approche du fauteuil et s'installe devant la cheminée.

– Viens Julien, il faut qu'on reparte tous les deux. Tu as un long voyage à faire et je serai ton guide. Viens mon amour, l'éternité nous appartient désormais.

Les éditions Le Manuscrit
- www.manuscrit.com -

Les éditions Le Manuscrit - www.manuscrit.com - ont, par l'originalité de leur formule, ouvert un nouvel espace de publication dans le paysage de l'édition. Depuis 2001, elles accompagnent un formidable mouvement de démocratisation de l'écriture et le passage d'une société de l'information à une société d'auteurs.

Grâce à un savoir-faire unique qui associe culture traditionnelle de l'édition et maîtrise d'innovations technologiques majeures, les éditions Le Manuscrit - www.manuscrit.com - garantissent la disponibilité permanente des textes sous un double format : le livre papier et le livre numérique, pour une souplesse totale d'édition qui inscrit le livre dans la culture du développement durable.

Un catalogue ouvert aux différents domaines éditoriaux (littérature générale, recherche-université, Europe…) propose un fonds de plus de 7000 références et accueille une communauté de 5000 auteurs à travers le monde, publiés dans toutes les langues. Chaque livre est protégé selon le code de la propriété intellectuelle et les droits d'auteurs rémunérés. Véritable éditeur de marques, les éditions Le Manuscrit - www.manuscrit.com - créent des collections prestigieuses en partenariat avec les institutions, centres de recherche, fondations et acteurs de la société civile.

Par un référencement ciblé, les éditions Le Manuscrit- www.manuscrit.com - assurent aux ouvrages une diffusion internationale, dans les librairies (référencement Electre, Dilicom, Titelive…) et sur les librairies en ligne (Amazon, AbeBooks, Alapage, Chapitre…). Un réseau de partenaires attentifs - libraires, bibliothèques, médiathèques, partenaires de la presse et des médias… - s'associent aux éditions Le Manuscrit - www.manuscrit.com - pour favoriser la découverte des talents (Prix du Premier Roman, Prix du Scénario…) et promouvoir les titres et les auteurs auprès d'un large public.

Dynamique et innovant, le site Internet www.manuscrit.com propose une plateforme de contenus interactive et réunit autour des blogs d'auteurs une source d'informations sur la vie culturelle ainsi qu'un espace de rencontre privilégié entre les communautés d'auteurs, de lecteurs et de partenaires actifs.

Les éditions Le Manuscrit - www.manuscrit.com - sont membres du Syndicat National de l'Édition.

www.manuscrit.com
communication@manuscrit.com
Téléphone : 08 90 71 10 18
Télécopie : 01 48 07 50 10
20, rue des Petits Champs
75002 Paris
France